中外名詩选读

（学生版）

ZHONGWAI MINGSHI XUANDU

孙立权　李跃庭／主编

吉林文史出版社

图书在版编目（CIP）数据

中外名诗选读/孙立权，李跃庭主编．—— 长春：吉林文史出版社，2020.1（2020.2重印）

ISBN 978-7-5472-6725-7

Ⅰ．①中… Ⅱ．①孙… ②李… Ⅲ．①诗集－世界 Ⅳ．①I12

中国版本图书馆CIP数据核字（2019）第268192号

中外名诗选读

ZHONGWAI MINGSHI XUANDU

主　　编　孙立权　李跃庭
责任编辑　于　涉　高冰若
封面设计　李　鑫
出　　版　吉林文史出版社
发　　行　吉林文史出版社
地　　址　长春市福祉大路5788号
邮　　编　130118
电　　话　0431—86037507
印　　刷　吉林省优视印务有限公司
开　　本　720mm×1000mm　1/16
字　　数　340千字
印　　张　22
版　　次　2020年1月第1版
印　　次　2020年2月第2次印刷
书　　号　ISBN 978-7-5472-6725-7
定　　价　39.80元

1.旧梦之群

刘大白

（三六）

少年是艺术的，
一件一件地创作；
壮年是工程的，
一座一座地建筑；
老年是历史的，
一页一页地翻阅。

（五九）

风吹得灭的，
只是星星之火，
可奈燎原之火何！——
火到燎原，
风没有不反作火的助手的啊！

刘大白（1880—1932），原名金庆棪，浙江绍兴人，现代诗人。著有诗集《旧梦》。

本书按照国家标准和当代读者的阅读习惯进行编写，所涉及的名家名作为了尊重原诗特点，尽量保持原诗原貌，未作修改。

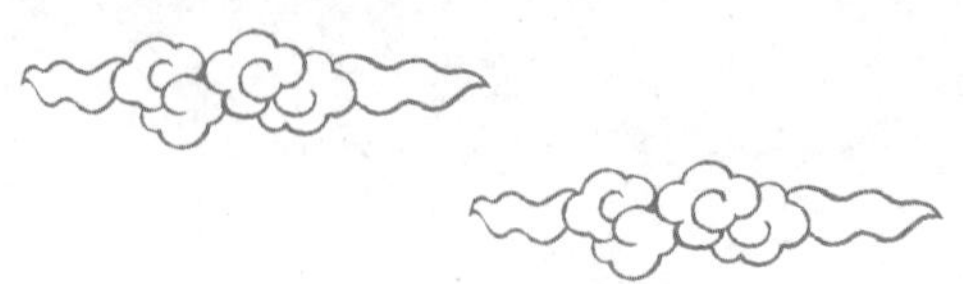

2.人与时

鲁 迅

一人说，将来胜过现在。
一人说，现在远不及从前。
一人说，什么？
时道，你们都侮辱我的现在。
从前好的，自己回去。
将来好的，跟我前去。
这说什么的，
我不和你说什么。

鲁迅（1881—1936），原名周树人，浙江绍兴人，现代作家。代表作有短篇小说集《呐喊》《彷徨》。

3.教我如何不想她

刘半农

天上飘着些微云，
地上吹着些微风。
啊！
微风吹动了我的头发，
教我如何不想她？

序　言

所谓“诗教”，即用诗来教化人，乃古已有之的传统。可惜的是，这一传统被当代语文教育所抛弃。如今，秉承着“语文教育民族化”这一教育理念的我们，正是希望借助这本诗集的编选，接续这一伟大的传统并将其发扬光大。

正因为诗记录了历史与文明，所以各民族最初的文学主要是诗。雪莱说：“自有人类便有诗。”确乎如此。古希腊最早的文学是《荷马史诗》，古巴比伦人用削尖的芦苇在泥版上写下人类最早的史诗《吉尔伽美什》，古埃及最早的文学是诗集《亡灵书》,古印度最早的文学是《吠陀》诗集和史诗《摩诃婆罗多》《罗摩衍那》，古中国最早的文学是《诗经》和《楚辞》。在各种文学样式中，诗是最为高雅的。在中国古代，唯有诗才能登大雅之堂，堪称“文学之骄子”。诗在中国几千年来美不胜收，没有哪个民族的人像我们的先辈那样充满诗意地生活在这块土地上。

《毛诗序》中说:“诗言志。”在心为志，发言为诗。诗无疑是表情达意的，情感是诗的生命所在。诗的语言是最为精练、含蓄的，诗讲究意象的创造，诗的语言有很大的跳跃性和韵律美。中国圣人孔子曾说:“诗可以兴，可以观，可以群，可以怨。”英国大戏剧家莎士比亚也曾咏叹：“王公贵族的云石丰碑或镀金牌坊终将朽败，唯强劲的诗章万寿无疆。”据此，诗歌的功能与地位可见一斑。

现在早已不是唐宋时代了，那时的中国，真是泱泱诗国，上至帝王将相，下到贩夫走卒，男女老少都能吟诗作赋，七岁的小姑娘在送别哥哥时都能口占一绝，传之千古：“别路云初起，离亭叶正稀。所嗟人异雁，不作一行归。”宋代凡有井水处，皆能歌柳词。可是现在是什么时代？知识经济时代了，“数字化生存”时代了，尚有几人读诗？也许在有些人看来，诗是微不足道的。的确，没有诗，人类不至于毁灭，但有了诗，人生就平添了许多美、善、真

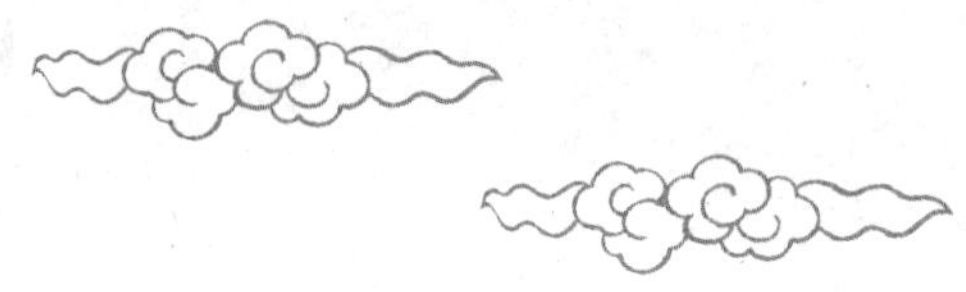

的光辉。

当人生刚刚开始的时候，诗歌便把我们带入美好的境界，让我们拥有美丽的幻想和幻想的美丽。不仅如此，诗还引导我们走出无知与愚昧，引导我们追求崇高。读诗，可以美化我们的心灵；读诗，也是使人类崇高的需要；读诗，会成为你未来永恒的神圣记忆；读诗，会成为照耀你生命旅程的精神之光；读诗，可以让我们的生活艺术化；读诗，可以使你从枯燥沉闷的现实生存中突围……能读诗的人，是世界上最幸福的人。

人在青春时节怀抱理想，充满激情，不必考虑柴米油盐酱醋茶，只须关注琴棋书画诗酒花，我把人生的这一阶段称为“诗歌时代”。青年人已经进入人生的诗歌时代，正在经历诗意盎然的青葱岁月，你们是天生的诗人。这段岁月如果不以诗为伴，不大量读诗，那会成为无法弥补的巨大遗憾。

我们把世间最美的状态称为诗境，把心中最美的意念称为诗意，把最美的感情称为诗情，把文字中最精妙的语言称为诗句。让我们多读诗、多背诗，尝试写诗，诗意地栖居在大地上，让我们的青春与诗为伴。

孙立权于长春映雪斋

岁在二〇一七年初秋

目　录

学生版

学生版

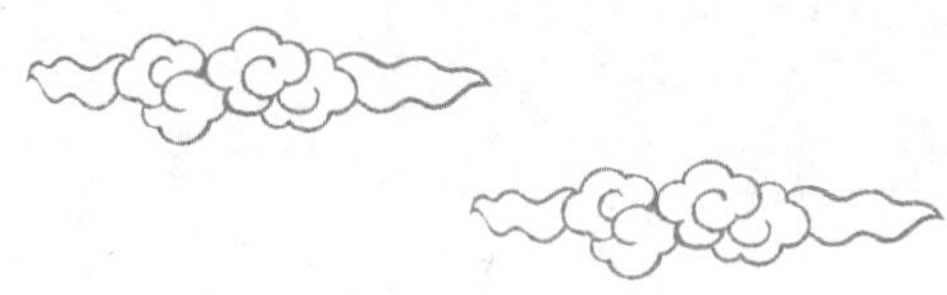

月光恋爱着海洋，
海洋恋爱着月光。
啊！
这般蜜也似的银夜。
教我如何不想她？

水面落花慢慢流，
水底鱼儿慢慢游。
啊！
燕子你说些什么话？
教我如何不想她？

枯树在冷风里摇，
野火在暮色中烧。
啊！
西天还有些儿残霞，
教我如何不想她？

刘半农（1891—1934），原名刘寿彭，后改名为刘复，江苏江阴人，现代诗人。代表作有《瓦釜集》《扬鞭集》。

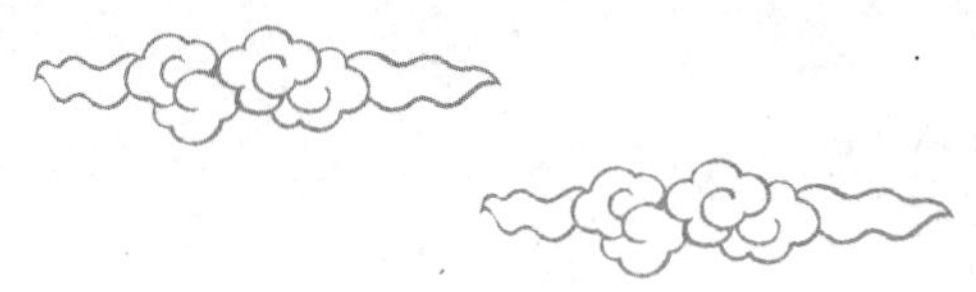

4.凤凰涅槃

郭沫若

天方国古有神鸟名“菲尼克司”（Phoenix），满五百岁后，集香木自焚，复从死灰中更生，鲜美异常，不再死。

按此鸟殆即中国所谓凤凰：雄为凤，雌为凰。《孔演图》云：“凤凰火精，生丹穴。”《广雅》云：“凤凰……雄鸣曰即即，雌鸣曰足足。”

序曲

除夕将近的空中，
飞来飞去的一对凤凰，
唱着哀哀的歌声飞去，
衔着枝枝的香木飞来，
飞来在丹穴山上。

山右有枯槁了的梧桐，
山左有消歇了的醴泉，
山前有浩茫茫的大海，
山后有阴莽莽的平原，
山上是寒风凛冽的冰天。

天色昏黄了，
香木集高了，
凤已飞倦了，
凰已飞倦了，
他们的死期将近了。

凤啄香木，
一星星的火点迸飞。
凰扇火星，
一缕缕的香烟上腾。

凤又啄，
凰又扇，
山上的香烟弥散，
山上的火光弥满。

夜色已深了，
香木已燃了，
凤已啄倦了，
凰已扇倦了，
他们的死期已近了。

啊啊！
哀哀的凤凰！
凤起舞，低昂！
凰唱歌，悲壮！
凤又舞，
凰又唱，
一群的凡鸟，自天外飞来观葬。

凤歌

即即！即即！即即！
即即！即即！即即！
茫茫的宇宙，冷酷如铁！

茫茫的宇宙，黑暗如漆！
茫茫的宇宙，腥秽如血！

宇宙呀，宇宙，
你为什么存在？
你自从哪儿来？
你坐在哪儿在？
你是个有限大的空球？
你是个无限大的整块？
你若是有限大的空球，
那拥抱着你的空间
他从哪儿来？
你的外边还有些什么存在？
你若是无限大的整块，
这被你拥抱着的空间
他从哪儿来？
你的当中为什么又有生命存在？
你到底还是个有生命的交流？
你到底还是个无生命的机械？
昂头我问天，
天徒矜高，莫有点儿知识。
低头我问地，
地已死了，莫有点儿呼吸。
伸头我问海，
海正扬声而呜咽。

啊啊！
生在这样个阴秽的世界当中，
便是把金刚石的宝刀也会生锈！

宇宙呀，宇宙，
我要努力地把你诅咒：
你脓血污秽着的屠场呀！
你悲哀充塞着的囚牢呀！
你群鬼叫号着的坟墓呀！
你群魔跳梁着的地狱呀！
你到底为什么存在？

我们飞向西方，
西方同是一座屠场。
我们飞向东方，
东方同是一座囚牢。
我们飞向南方，
南方同是一座坟墓。
我们飞向北方，
北方同是一座地狱。
我们生在这样个世界当中，
只好学着海洋哀哭。

凰歌

足足！足足！足足！
足足！足足！足足！
五百年来的眼泪倾泻如瀑。
五百年来的眼泪淋漓如烛。
流不尽的眼泪，
洗不净的污浊，
浇不熄的情炎，
荡不去的羞辱，

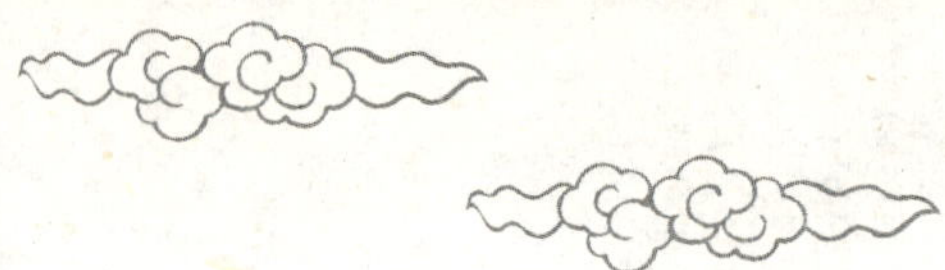

我们这缥缈的浮生
到底要向哪儿安宿?

啊啊!
我们这缥缈的浮生
好像那大海里的孤舟。
左也是漶漫,
右也是漶漫,
前不见灯台,
后不见海岸,
帆已破,
樯已断,
楫已漂流,
舵已腐烂,
倦了的舟子只是在舟中呻唤,
怒了的海涛还是在海中泛滥。

啊啊!
我们这缥缈的浮生
好像这黑夜里的酣梦。
前也是睡眠,
后也是睡眠,
来得如飘风,
去得如轻烟,
来如风,
去如烟,
眠在后,
睡在前,
我们只是这睡眠当中的

一刹那的风烟。

啊啊！
有什么意思？
有什么意思？
痴！痴！痴！
只剩些悲哀，烦恼，寂寥，衰败，
环绕着我们活动着的死尸，
贯串着我们活动着的死尸。

啊啊！
我们年青时候的新鲜哪儿去了？
我们年青时候的甘美哪儿去了？
我们年青时候的光华哪儿去了？
我们年青时候的欢爱哪儿去了？
去了！去了！去了！
一切都已去了，
一切都要去了。
我们也要去了，
你们也要去了，
悲哀呀！烦恼呀！寂寥呀！衰败呀！

凤凰同歌

啊啊！
火光熊熊了。
香气蓬蓬了。
时期已到了。
死期已到了。

身外的一切！
身内的一切！
一切的一切！
请了！请了！

群鸟歌

岩鹰

哈哈，凤凰！凤凰！
你们枉为这禽中的灵长！
你们死了吗？你们死了吗？
从今后该我为空界的霸王！

孔雀

哈哈，凤凰！凤凰！
你们枉为这禽中的灵长！
你们死了吗？你们死了吗？
从今后请看我花翎上的威光！

鸱枭

哈哈，凤凰！凤凰！
你们枉为这禽中的灵长！
你们死了吗？你们死了吗？
哦！是哪儿来的鼠肉的馨香？

家鸽

哈哈，凤凰！凤凰！
你们枉为这禽中的灵长！
你们死了吗？你们死了吗？

从今后请看我们驯良百姓的安康！

鹦鹉

哈哈，凤凰！凤凰！
你们枉为这禽中的灵长！
你们死了吗？你们死了吗？
从今后请听我们雄辩家的主张！

白鹤

哈哈，凤凰！凤凰！
你们枉为这禽中的灵长！
你们死了吗？你们死了吗？
从今后请看我们高蹈派的徜徉！

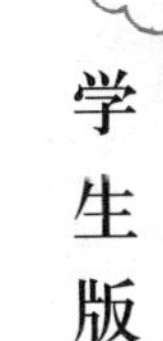

学生版

凤凰更生歌

鸡鸣

昕潮涨了，
昕潮涨了，
死了的光明更生了。

春潮涨了，
春潮涨了，
死了的宇宙更生了。

生潮涨了，
生潮涨了，

死了的凤凰更生了。

凤凰和鸣

我们更生了。
我们更生了。
一切的一，更生了。
一的一切，更生了。
我们便是他，他们便是我。
我中也有你，你中也有我。
我便是你。
你便是我。
火便是凰。
凤便是火。
翱翔！翱翔！
欢唱！欢唱！

我们新鲜，我们净朗，
我们华美，我们芬芳，
一切的一，芬芳。
一的一切，芬芳。
芬芳便是你，芬芳便是我。
芬芳便是他，芬芳便是火。
火便是你。
火便是我。
火便是他。
火便是火。
翱翔！翱翔！
欢唱！欢唱！

我们热诚，我们挚爱。
我们欢乐，我们和谐。
一切的一，和谐。
一的一切，和谐。
和谐便是你，和谐便是我
和谐便是他，和谐便是火
火便是你。
火便是我。
火便是他。
火便是火。
翱翔！翱翔！
欢唱！欢唱！

我们生动，我们自由，
我们雄浑，我们悠久。
一切的一，悠久。
一的一切，悠久。
悠久便是你，悠久便是我。
悠久便是他，悠久便是火。
火便是你。
火便是我。
火便是他。
火便是火。
翱翔！翱翔！
欢唱！欢唱！

我们欢唱，我们翱翔。
我们翱翔，我们欢唱。
一切的一，常在欢唱。
一的一切，常在欢唱。

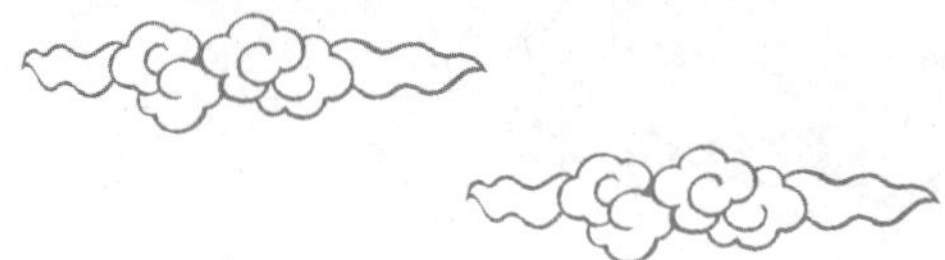

是你在欢唱？是我在欢唱？
是他在欢唱？是火在欢唱？
欢唱在欢唱！
欢唱在欢唱！
只有欢唱！
只有欢唱！
欢唱！
欢唱！
欢唱！

郭沫若（1892—1978），原名郭开贞，四川乐山人，现代诗人。著有诗集《女神》《星空》《瓶》《前茅》。

5.炉中煤

——眷念祖国的情绪

郭沫若

一

啊，我年青的女郎！
我不辜负你的殷勤，
你也不要辜负了我的思量。
我为我心爱的人儿
燃到了这般模样！

二

啊，我年青的女郎！
你该知道了我的前身？
你该不嫌我黑奴卤莽？
要我这黑奴的胸中，
才有火一样的心肠。

三

啊，我年青的女郎！
我想我的前身
原本是有用的栋梁，
我活埋在地底多年，
到今朝才得重见天光。

四

啊，我年青的女郎！
我自从重见天光，
我常常思念我的故乡，
我为我心爱的人儿
燃到了这般模样！

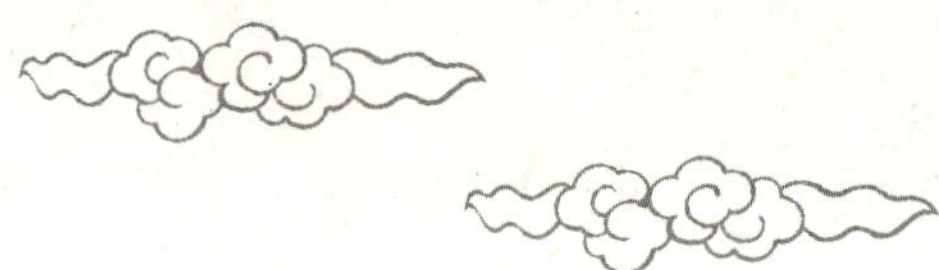

6.天狗

郭沫若

我是一条天狗呀！
我把月来吞了，
我把日来吞了，
我把一切的星球来吞了，
我把全宇宙来吞了。
我便是我了！

我是月的光，我是日的光，
我是一切星球的光，
我是X光线的光，
我是全宇宙的Energy（能量）的总量！

我飞奔，我狂叫，我燃烧。
我如烈火一样地燃烧！
我如大海一样地狂叫！
我如电气一样地飞跑！
我飞跑，我飞跑，我飞跑，
我剥我的皮，我食我的肉，
我吸我的血，我啮我的心肝，
我在我神经上飞跑，
我在我脊髓上飞跑，
我在我脑筋上飞跑。

我便是我呀！我的我要爆了！

7.过印度洋

周　无

圆天盖着大海，黑水托着孤舟。
也看不见山，那天边只有云头。
也看不见树，那水上只有海鸥。
哪里是非洲？哪里是欧洲？

我美丽亲爱的故乡，却在脑后！
怕回头，只回头，
一阵大风，雪浪上船头。
飕飕，吹散一天云雾一天愁。

周无（1895—1968），原名周焯，四川省新都县人，现代生物学家、诗人。代表作有《赖古堂诗钞》《书影》。

8.沙扬娜拉

——赠日本女郎

徐志摩

最是那一低头的温柔，
像一朵水莲花不胜凉风的娇羞，
道一声珍重，道一声珍重，
那一声珍重里有蜜甜的忧愁——

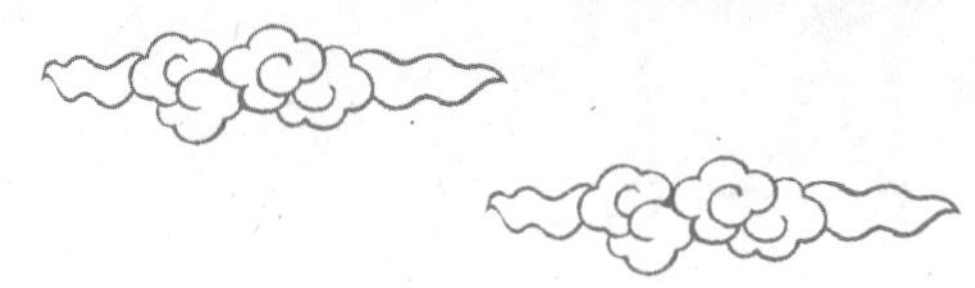

沙扬娜拉！

徐志摩（1896—1931），原名章垿，浙江海宁人，现代诗人、散文家。著有诗集《志摩的诗》《翡冷翠的一夜》《猛虎集》《云游》。

9.雪花的快乐

徐志摩

假如我是一朵雪花，
翩翩地在半空里潇洒，
我一定认清我的方向——
飞扬，飞扬，飞扬，——
这地面上有我的方向。

不去那冷寞的幽谷，
不去那凄清的山麓，
也不上荒街去惆怅——
飞扬，飞扬，飞扬，——
你看，我有我的方向！

在半空里娟娟地飞舞，
认明了那清幽的住处，
等着她来花园里探望——
飞扬，飞扬，飞扬，——
啊，她身上有朱砂梅的清香！

那时我凭借我的身轻，
盈盈的，沾住了她的衣襟，
贴近她柔波似的心胸——
消溶，消溶，消溶——
溶入了她柔波似的心胸！

10.偶然

徐志摩

我是天空里的一片云，
偶尔投影在你的波心——
你不必讶异，
更无须欢喜——
在转瞬间消灭了踪影。

你我相逢在黑夜的海上，
你有你的，我有我的，方向；
你记得也好，
最好你忘掉，
在这交会时互放的光亮！

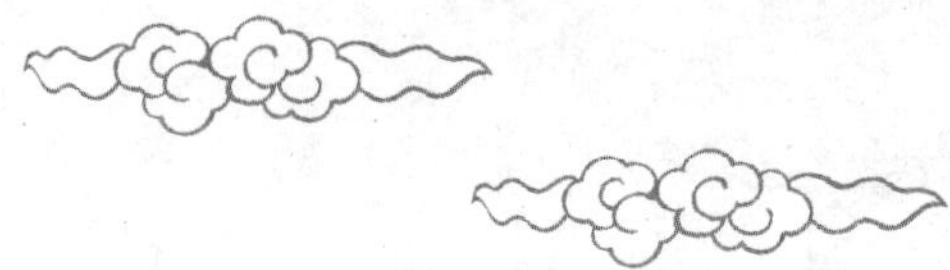

11.夜

宗白华

一时间
觉得我的微躯
是一颗小星，
莹然万星里
随着星流。
一会儿
又觉着我的心
是一张明镜，
宇宙的万星
在里面灿着。

宗白华（1897—1986），原名宗之櫆，江苏常熟人，现代哲学家、美学家、诗人。代表作有《美学散步》。

12.光明

朱自清

风雨沉沉的夜里，
前面一片荒郊。
走尽荒郊，
便是人们底道。

呀！黑暗里歧路万千，
叫我怎样走好？
“上帝，快给我些光明吧，
让我好向前跑！”
上帝慌着说：“光明？
我没处给你找！
你要光明，你自己去造！”

朱自清（1898—1948），原名自华，祖籍浙江绍兴，生于江苏东海县，童年随父定居扬州，现代诗人、散文家。代表作有诗文合集《踪迹》，散文集《背影》《你我》。

13.红烛

闻一多

“蜡炬成灰泪始干”
——李商隐

红烛啊！
这样红的烛！
诗人啊！
吐出你的心来比比，
可是一般颜色？

红烛啊！
是谁制的蜡——给你躯体？

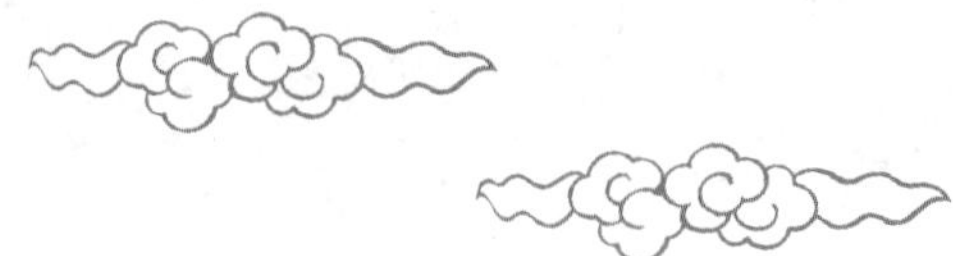

是谁点的火——点着灵魂？
为何更须烧蜡成灰，
然后才放光出？
一误再误；
矛盾！冲突！

红烛啊！
不误，不误！
原是要“烧”出你的光来——
这正是自然的方法。

红烛啊！
既制了，便烧着！
烧吧！烧吧！
烧破世人的梦，
烧沸世人的血——
也救出他们的灵魂，
也捣破他们的监狱！

红烛啊！
你心火发光之期，
正是泪流开始之日。

红烛啊！
匠人造了你，
原是为烧的。
既已烧着，
又何苦伤心流泪？
哦！我知道了！
是残风来侵你的光芒，

你烧得不稳时，
才着急得流泪！

红烛啊！
流罢！你怎能不流呢？
请将你的脂膏，
不息地流向人间，
培出慰藉底花儿，
结成快乐的果子！

红烛啊！
你流一滴泪，灰一分心。
灰心流泪你的果，
创造光明你的因。

红烛啊！
“莫问收获，但问耕耘。”

闻一多（1899—1946），原名家骅，湖北浠水人，现代诗人。著有诗集《红烛》《死水》。

14.死水

闻一多

这是一沟绝望的死水，
清风吹不起半点漪沦。

不如多扔些破铜烂铁，
爽性泼你的剩菜残羹。

也许铜的要绿成翡翠，
铁罐上锈出几瓣桃花；
再让油腻织一层罗绮，
霉菌给他蒸出些云霞。

让死水酵成一沟绿酒，
漂满了珍珠似的白沫；
小珠们笑声变成大珠，
又被偷酒的花蚊咬破。

那么一沟绝望的死水，
也就夸得上几分鲜明。
如果青蛙耐不住寂寞，
又算死水叫出了歌声。

这是一沟绝望的死水，
这里断不是美的所在，
不如让给丑恶来开垦，
看他造出个什么世界。

15.口供

闻一多

我不骗你，我不是什么诗人，
纵然我爱的是白石的坚贞，
青松和大海，鸦背驮着夕阳，
黄昏里织满了蝙蝠的翅膀。
你知道我爱英雄，还爱高山，
我爱一幅国旗在风中招展，
自从鹅黄到古铜色的菊花。
记着我的粮食是一壶苦茶！

可是还有一个我，你怕不怕？——
苍蝇似的思想，垃圾桶里爬。

16.静夜（心跳）

闻一多

这灯光，这灯光漂白了的四壁；
这贤良的桌椅，朋友似的亲密；
这古书的纸香一阵阵地袭来；
要好的茶杯贞女一般的洁白；
受哺乳的小孩喽呷在母亲怀里，
鼾声报道我大儿康健的消息……

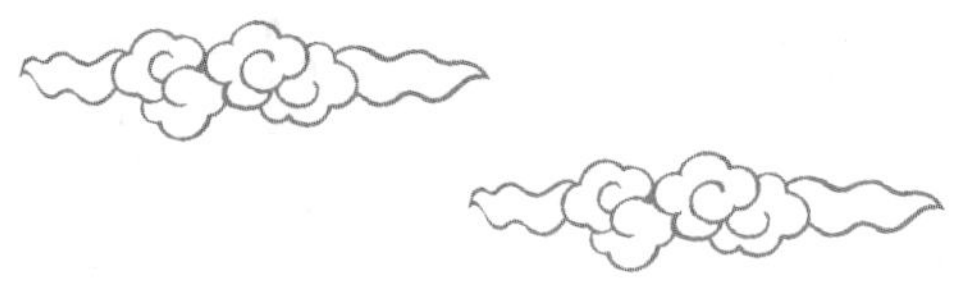

这神秘的静夜，这浑圆的和平，
我喉咙里颤动着感谢的歌声。
但这歌声马上又变成了诅咒，
静夜！我不能，不能受你的贿赂。
谁希罕你这墙内尺方的和平！
我的世界还有更辽阔的边境。
这四墙既隔不断战争的喧嚣，
你有什么方法禁止我的心跳？
最好是让这口里塞满了泥沙，
如其他只会唱着个人的休戚！
最好是让这头颅给田鼠掘洞，
让这一团血肉也去喂着尸虫；
如果只是为了一杯酒，一本诗，
静夜里钟摆摇来的一片闲适，
就听不见了你们四邻的呻吟，
看不见寡妇孤儿抖颤的身影，
战壕里的痉挛，疯人咬着病榻，
和各种惨剧在生活的磨子下。
幸福！我如今不能受你的私贿，
我的世界不在这尺方的墙内。
听！又是一阵炮声，死神的咆哮。
静夜！你如何能禁止我的心跳？

17.色彩

闻一多

生命是张没价值的白纸，

自从绿给了我发展，
红给了我情热，
黄教我以忠义，
蓝教我以高洁，
粉红赐我以希望，
灰白赠我以悲哀；
再完成这帧彩图，
黑还要加我以死。

从此以后，
我便溺爱于我的生命，
因为我爱他的色彩。

18.繁星

冰　心

一〇

嫩绿的芽儿，
和青年说：
“发展你自己！”

淡白的花儿，
和青年说：
“贡献你自己！”

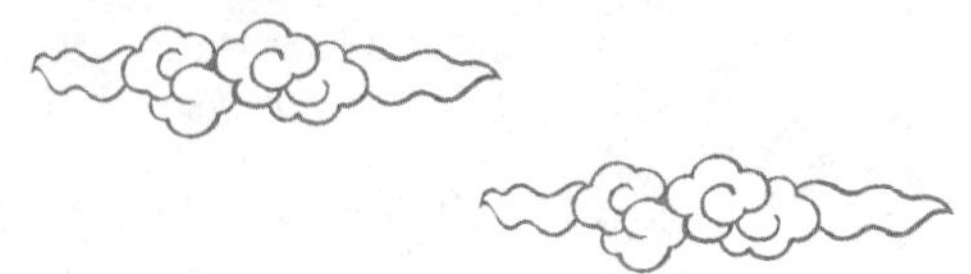

深红的果儿，
和青年说：
“牺牲你自己！”

一四

我们都是自然的婴儿，
卧在宇宙的摇篮里。

五五

成功的花，
人们只惊慕她现时的明艳！
然而当初她的芽儿，
浸透了奋斗的泪泉，
洒遍了牺牲的血雨。

冰心（1900—1999），原名谢婉莹，福州长乐人，现代诗人、作家。著有诗集《繁星》《春水》。

19.春水

冰　心

三三

墙角的花！

你孤芳自赏时，
天地便小了。

一零五

造物者——
倘若在永久的生命中
只容有一极乐的应许，
我要至诚地求着：
“我在母亲的怀里，
母亲在小舟里，
小舟在月明的大海里。”

20.纸船

——寄母亲

冰　心

我从不肯妄弃了一张纸，
总是留着——留着，
叠成一只一只很小的船儿，
从舟上抛下在海里。

有的被天风吹卷到舟中的窗里，
有的被海浪打湿，沾在船头上。
我仍是不灰心地每天叠着，
总希望有一只能流到我要它到的地方去。

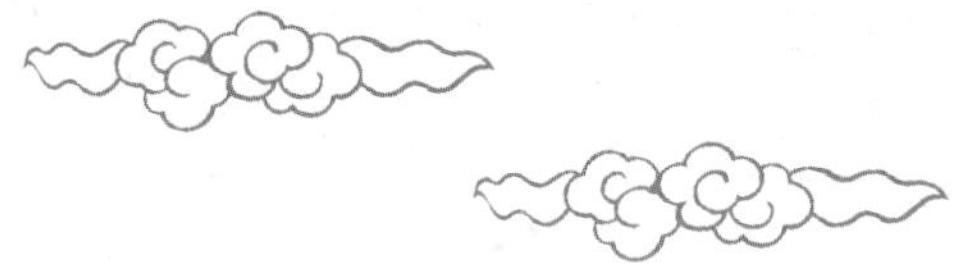

母亲，倘若你梦中看见一只很小的白船儿，
不要惊讶它无端入梦。
这是你至爱的女儿含着泪叠的，
万水千山，求它载着她的爱和悲哀归去！

21.弃妇

李金发

长发披遍我两眼之前，
遂隔断了一切羞恶之疾视，
与鲜血之急流，枯骨之沉睡。
黑夜与蚊虫联步徐来，
越此短墙之角，
狂呼在我清白之耳后，
如荒野狂风怒号：
战栗了无数游牧。

靠一根草儿，与上帝之灵往返在空谷里。
我的哀戚唯游蜂之脑能深印着；
或与山泉长泻在悬崖，
然后随红叶而俱去。

弃妇之隐忧堆积在动作上，
夕阳之火不能把时间之烦闷
化成灰烬，从烟突里飞去，
长染在游鸦之羽，

将同栖止于海啸之石上，
静听舟子之歌。

衰老的裙裾发出哀吟，
徜徉在丘墓之侧，
永无热泪，
点滴在草地
为世界之装饰。

李金发(1900—1976),原名李淑良,广东梅县人,现代诗人。著有诗集《微雨》《食客与凶年》《为幸福而歌》。

22.十二月十九夜

废　名

深夜一枝灯，
若高山流水，
有身外之海。
星之空是鸟林，
是花，是鱼，
是天上的梦，
海是夜的镜子。
思想是一个美人，
是家，
是日，
是月，

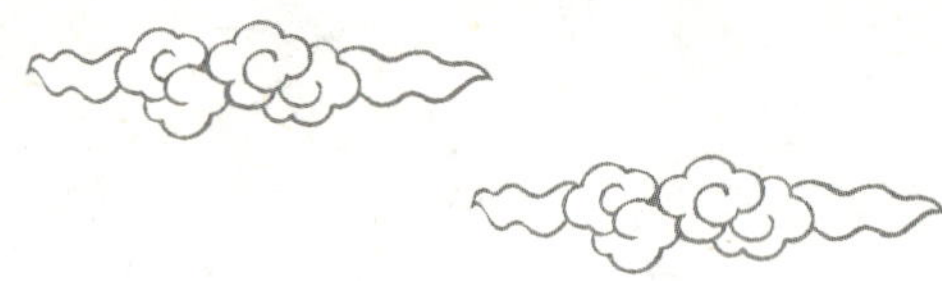

是灯，
是炉火，
炉火是墙上的树影，
是冬夜的声音。

废名（1901—1967），本名冯文炳，湖北黄梅人，诗人、作家、学者，代表作有《镜》《灯》等。

23.扫墓（节选）

石评梅

狂风刮着一阵阵紧，
尘沙迷漫望不见人；
我独自来到荒郊外，
向垒垒的冢里，
扫这座新坟。

秋风吹得我彻骨寒，
芦花飞上我的襟肩，
一步一哽咽，
缘着这静悄悄的芦滩，
望见那巍巍玉碑时，
我心更凄酸！
……
狂风刮着一阵阵紧，
尘沙迷漫望不见人，
几次要归去，
又为你孤冢泪零！

留下这颗秋心，
永伴你的坟茔。

石评梅（1902—1928），山西省阳泉市人，现代作家。代表作《石评梅作品集》。

24.山里的小诗

冯雪峰

鸟儿出山的时候，
我以一片花瓣放在它嘴里，
告诉那住在谷口的女郎，
说山里的花开了。

冯雪峰（1903—1976），原名福春，浙江义乌人，现代诗人。代表作有《湖畔》《雪峰文集》。

25.别丢掉

林徽因

别丢掉，
这一把过往的热情，
现在流水似的，

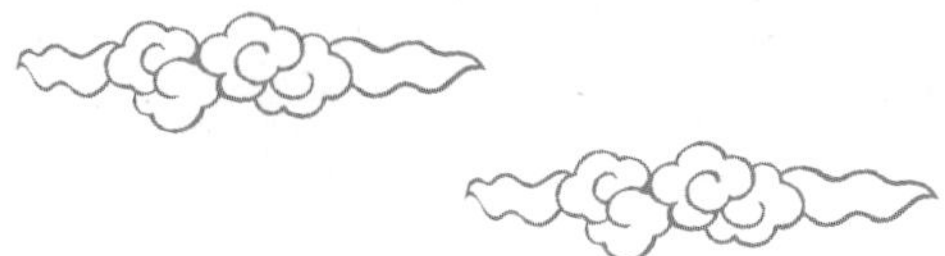

轻轻
在幽冷的山泉底，
在黑夜，在松林，
叹息似的渺茫，
你仍要保存着那真！
一样是明月，
一样是隔山灯火，
满天的星，
只有人不见，
梦似的挂起，
你向黑夜要回
那一句话——
你仍得相信
山谷中留着，
有那回音！

林徽因（1904—1955），福建闽县（今福建福州）人，建筑学家，现代作家。代表作《你是人间四月天》。

26.采莲曲

朱　湘

小船呀轻漂，
杨柳呀风里颠摇；
荷叶呀翠盖，
荷花呀人样妖娆。

日落，
微波，
金线闪动过小河。
左行，
右撑，
莲舟上扬起歌声。

菡萏呀半开，
蜂蝶呀不许轻来，
绿水呀相伴，
清净呀不染尘埃。
溪间，
采莲，
水珠滑走过荷钱。
拍紧，
拍轻，
浆声应答着歌声。

藕心呀丝长，
羞涩呀水底深藏；
不见呀蚕茧，
丝多呀蛹裹中央？
溪头，
采藕，
女郎要采又夷犹。
波沉，
波升，
波上抑扬着歌声。

莲蓬呀子多，
两岸呀榴树婆娑；
喜鹊呀喧噪，
榴花呀落上新罗。
溪中，
采蓬，
耳鬓边晕着微红。
风定，
风生，
风飏荡漾着歌声。

升了呀月钩，
明了呀织女牵牛；
薄雾呀拂水，
凉风呀飘去莲舟。
花芳，
衣香，
消溶入一片苍茫；
时静，
时闻，
虚空里袅着歌音。

朱湘（1904—1933），安徽太湖人，现代诗人、散文家。著有诗集《夏天》《草莽集》《石门集》《永言集》。

27.雨景

朱　湘

我心爱的雨景也多着呀：
春夜梦回时窗前的淅沥；
急雨点打上蕉叶的声音；
雾一般拂着人脸的雨丝；
从电光中泼下来的雷雨——
但将雨时的天我最爱了。
它虽然是灰色的却透明；
它蕴着一种无声的期待。
并且从云气中，不知哪里，
飘来了一声清脆的鸟啼。

28.蛇

冯　至

我的寂寞是一条长蛇，
冰冷地没有言语——
姑娘你万一梦到它时，
千万啊，不要悚惧！

它是我忠诚的侣伴，
心里害着热烈的乡思：

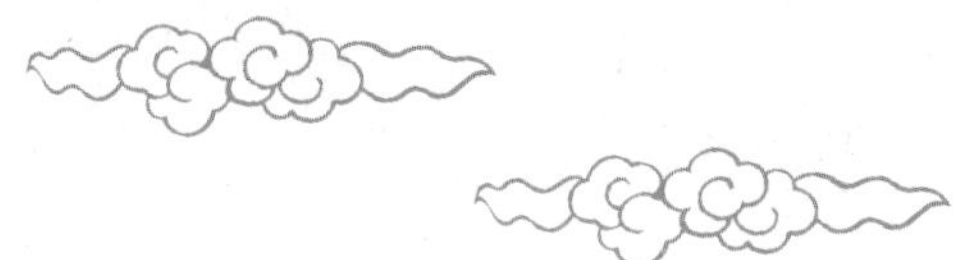

它想那茂密的草原——
你头上的，浓郁的乌丝。

它月影一般的轻轻地，
从你那儿轻轻走过；
它把你的梦境衔了来，
像一只绯红的花朵。

冯至（1905—1993），原名冯承植，河北涿州（今河北涿县）人，现代诗人。著有诗集《昨日之歌》《北游及其他》《十四行集》。

29.深夜又是深山

冯　至

深夜又是深山，
听着夜雨沉沉。
十里外的山村、
廿里外的市廛，

它们可还存在？
十年前的山川、
廿年前的梦幻，
都在雨里沉埋。

四围这样狭窄，
好像回到母胎；

我在深夜祈求

用迫切的声音：
“给我狭窄的心
一个大的宇宙！”

30.从一片泛滥无形的水里

冯　至

从一片泛滥无形的水里，
取水人取来椭圆的一瓶，
这点水就得到一个定形；
看，在秋风里飘扬的风旗，

它把住些把不住的事体，
让远方的光、远方的黑夜
和些远方的草木的荣谢，
还有个奔向无穷的心意，

都保留一些在这面旗上。
我们空空听过一夜风声，
空看了一天的草黄叶红，

向何处安排我们的思、想？
但愿这些诗像一面风旗
把住一些把不住的事体。

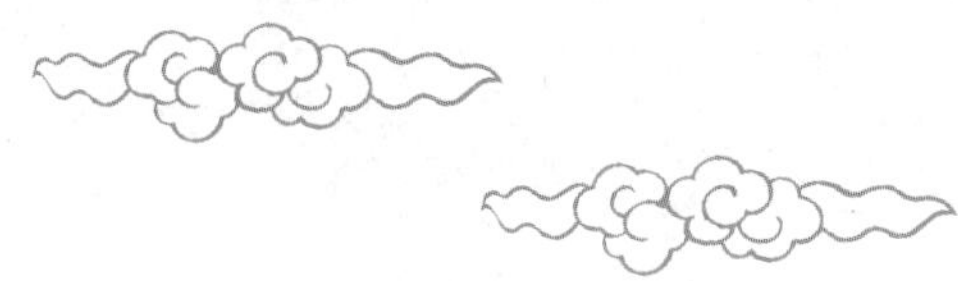

31.那时

——一个中年人述说五四以后的那几年

冯　至

那时觉得既然醒了，
就不该
关着阴暗的门窗；
那时觉得既然醒了，
就应该
放进窗外的光明。

处处看见新绿。
处处看见光明。

那时像离开马棚的小马，
第一次望见平原；
那时像离开鸟巢的小鸟，
第一次望见天空。

前面是旷远。
前面是清明。

那时我们抛下许多的事物，
不管是好还是坏；
那时要去追求许多的事物，
不管是远还是近。

有的在眼前。
有的在明天。

那时我们用简单的文字
写出简单的诗文；
那时我们用幼稚的文字
写出幼稚的思想。

写得很幼稚。
想得也单纯。

那时父母看见了我们，
常暗地为我们担心；
那时邻人看见了我们，
常在我们背后冷笑。

我们却不管。
我们却不顾。

那时无论如何，
要跳出
窒闷的家庭；
那时无论如何，
要舍弃
狭窄的家乡。

外面在招手。
外面在呼唤。

那时我们爱谈论

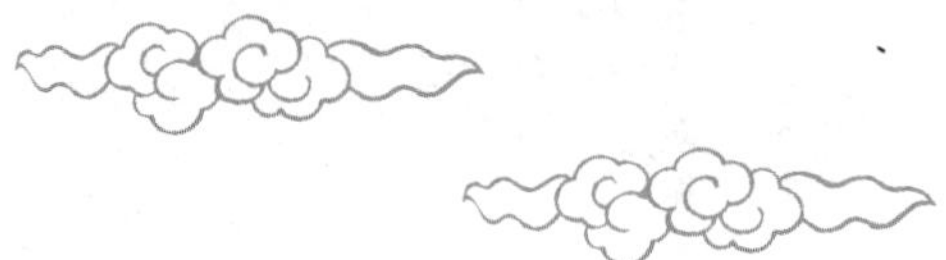

历史上
新发现的诗人；
那时我们相信
一个
俄国的革命者。

一切为了真理。
一切为了正义。

那时谁也不会想，
在前途
有无限的艰难；
那时谁也不会想，
艰难时
便会彼此分手。

如今走了二十多年，
却经过
无数的歧途与分手；
如今走了二十多年，
看见了
无数的死亡与杀戮。

那时追求的
在什么地方？

如今的平原和天空，
依然
照映着五月的阳光；

如今的平原和天空，
依然
等待着新的眺望。

32.我是一条小河

冯　至

我是一条小河，
我无心由你的身边绕过，
你无心把你彩霞般的影儿
投入了我软软的柔波。

我流过一座森林，
柔波便荡荡地
把那些碧翠的叶影儿
裁剪成你的裙裳。

我流过一座花丛，
柔波便粼粼地
把那些凄艳的花影儿
编织成你的花冠。

无奈呀，我终于流入了，
流入那无情的大海——
海上的风又厉，浪又狂，
吹折了花冠，击碎了裙裳！

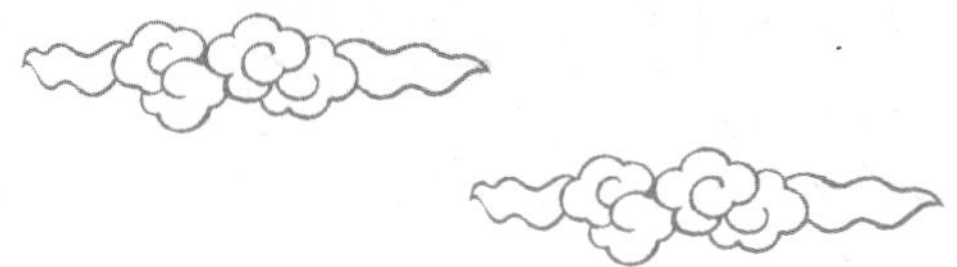

我也随着海潮漂漾，
漂漾到无边的地方——
你那彩霞般的影儿
也和幻散了的彩霞一样！

33.沉默

臧克家

青山不说话，
我也沉默，
时间停了脚，
我们只是相对。
我把眼波
投给流水，
流水把眼波
投给我，
红了眼睛的夕阳，
你不要把这神秘说破。

臧克家（1905—2004），原名臧瑗望，山东潍坊诸城人，现代诗人。著有诗集《烙印》《罪恶的黑手》《自己的写照》《运河》《泥土的歌》。

34.老马

臧克家

总得叫大车装个够，
它横竖不说一句话，
背上的压力往肉里扣，
它把头沉重地垂下！

这刻不知道下刻的命，
它有泪只往心里咽，
眼里飘来一道鞭影，
它抬起头望望前面。

35.有的人

——纪念鲁迅有感

臧克家

有的人活着
他已经死了；
有的人死了
他还活着。

有的人
骑在人民头上：“呵，我多伟大！”

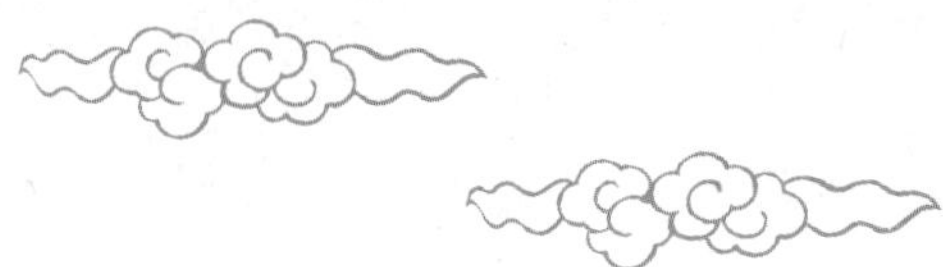

有的人
俯下身子给人民当牛马。

有的人
把名字刻入石头，想“不朽”；
有的人
情愿作野草，等着地下的火烧。

有的人
他活着别人就不能活；
有的人
他活着为了多数人更好地活。

骑在人民头上的
人民把他摔垮；
给人民作牛马的
人民永远记住他！

把名字刻入石头的
名字比尸首烂得更早；
只要春风吹到的地方，
到处是青青的野草。

他活着别人就不能活的人，
他的下场可以看到；
他活着为了多数人更好地活着的人，
群众把他抬举得很高，很高。

36.春鸟

臧克家

当我带着梦里的心跳，
睁大发狂的眼睛，
把黎明叫到了我的窗纸上——
你真理一样的歌声。
我吐一口长气，
捐一下心胸
从床上的恶梦
走进了地上的恶梦。
歌声，
像煞黑天上的星星，
越听越灿烂，
像若干只女神的手
一齐按着生命的键。
美妙的音流
从绿树的云间，
从蓝天的海上，
汇成了活泼自由的一潭。
是应该放开嗓子
歌唱自己的季节，
歌声的警钟
把宇宙
从冬眠的床上叫醒，
寒冷被踏死了，
到处是东风的脚踪。

你的口
歌向青山，
青山添了媚眼；
你的口
歌向流水，
流水野孩子一般；
你的口
歌向草木，
草木开出了青春的花朵；
你的口
歌向大地，
大地的身子应声酥软；
蛰虫听到你的歌声，
揭开土被
到太阳底下去爬行；
人类听到你的歌声
活力冲涌得仿佛新生；
而我，有着同样早醒的一颗诗心，
也是同样的不惯寒冷，
我也有一串生命的歌，
我想唱，像你一样，
但是，我的喉头上锁着链子，
我的嗓子在痛苦的发痒。

1942年5月22日

37.乐园鸟

戴望舒

飞着，飞着，春，夏，秋，冬，
昼，夜，没有休止，
华羽的乐园鸟，
这是幸福的云游呢，
还是永恒的苦役？

渴的时候也饮露，
饥的时候也饮露，
华羽的乐园鸟，
这是神仙的佳肴呢，
还是为了对于天的乡思？

是从乐园里来的呢，
还是到乐园里去的？
华羽的乐园鸟，
在茫茫的青空中，
也觉得你的路途寂寞吗？

假使你是从乐园里来的，
可以对我们说吗，
华羽的乐园鸟，
自从亚当、夏娃放逐后，
那天上的花园已荒芜到怎样了？

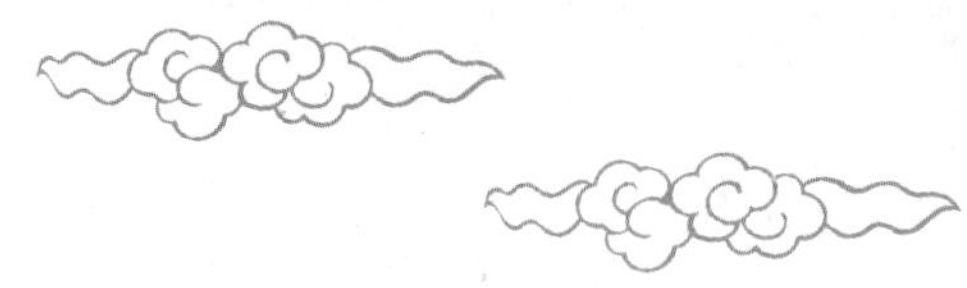

戴望舒（1905—1950），原名戴承，浙江杭州人，现代诗人。著有诗集《我的记忆》《望舒草》《望舒诗稿》《灾难的岁月》。

38.我的记忆

戴望舒

我的记忆是忠实于我的
忠实甚于我最好的友人。

它生存在燃着的烟卷上，
它生存在绘着百合花的笔杆上，
它生存在破旧的粉盒上，
它生存在颓垣的木莓上，
它生存在喝了一半的酒瓶上，
在撕碎的往日的诗稿上，
在压干的花片上，
在凄暗的灯上，
在平静的水上，
在一切有灵魂没有灵魂的东西上，
它在到处生存着，
像我在这世界一样。

它是胆小的，
它怕着人们的喧嚣，
但在寂廖时，
它便对我来作密切的拜访。

它的声音是低微的，
但它的话却很长，很长，
很长，很琐碎，而且永远不肯休；
它的话是古旧的，
老讲着同样的故事，
它的音调是和谐的，
老唱着同样的曲子，
有时它还模仿着爱娇的少女的声音，
它的声音是没有气力的，
而且还挟着眼泪，夹着太息。

它的拜访是没有一定的，
在任何时间，在任何地点，
时常当我已上床，朦胧地想睡了；
或是选一个大清早，
人们会说它没有礼貌，
但是我们是老朋友。

它是琐琐地永远不肯休止的，
除非我凄凄地哭了，
或是沉沉地睡了，
但是我永远不讨厌它，
因为它是忠实于我的。

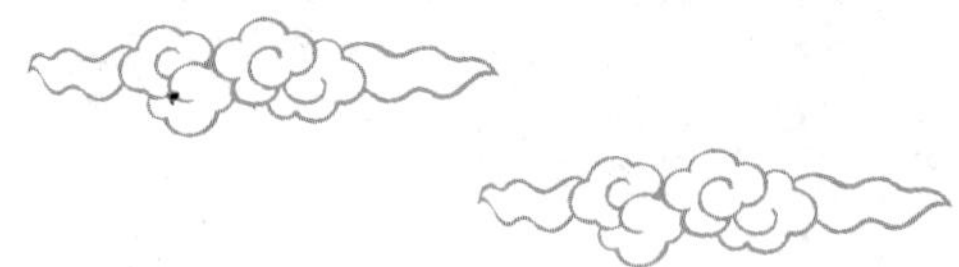

39.我用残损的手掌

戴望舒

我用残损的手掌
摸索这广大的土地：
这一角已变成灰烬，
那一角只是血和泥；
这一片湖该是我的家乡，
（春天，堤上繁花如锦幛，
嫩柳枝折断有奇异的芬芳，）
我触到荇藻和水的微凉；
这长白山的雪峰冷到彻骨，
这黄河的水夹泥沙在指间滑出；
江南的水田，你当年新生的禾草
是那么细，那么软……现在只有蓬蒿；
岭南的荔枝花寂寞地憔悴，
尽那边，我蘸着南海没有渔船的苦水……
无形的手掌掠过无限的江山，
手指沾了血和灰，手掌沾了阴暗，
只有那辽远的一角依然完整，
温暖，明朗，坚固而蓬勃生春。
在那上面，我用残损的手掌轻抚，
像恋人的柔发，婴孩手中乳。
我把全部的力量运在手掌
贴在上面，寄与爱和一切希望，
因为只有那里是太阳，是春，
将驱逐阴暗，带来苏生，

因为只有那里我们不像牲口一样活，
蝼蚁一样死……
那里，永恒的中国！

40.季候

邵洵美

初见你时你给我你的心，
里面是一个春天的早晨。
再见你时你给我你的话，
说不出的是炽烈的火夏。
三次见你你给我你的手，
里面藏着个叶落的深秋。
最后见你是我做的短梦，
梦里有你还有一群冬风。

邵洵美(1906—1968)，上海人，现代诗人、散文家。代表作有《天堂与五月》《花一般的罪恶》。

41.地之子

李广田

我是生自土中，

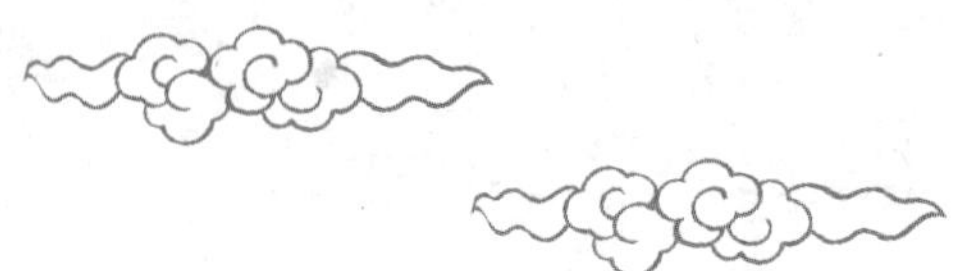

来自田间的，
这大地，我的母亲，
我对她有着作为人子的深情。
我爱着这地面上的沙壤，湿软软的，
我的襁褓；
更爱着绿绒绒的田禾，野草，
保姆的怀抱。
我愿安息在这土地上，
在这人类的田野里生长，
生长又死亡。

我在地上，
昂了首，望着天上。
望着白的云，
彩色的虹，
也望着碧蓝的晴空。
但我的脚却永踏着土地，
我永嗅着人间的土的气息。
我无心于住在天国里，
因为住在天国时，
便失掉了天国，
且失掉了我的母亲，这土地。

李广田（1906—1968），山东邹平人，现代散文家。代表作有《画廊集》《银狐集》《雀蓑集》。

42.路

力　扬

是的，
每条路都通到罗马；
但是，必须你的心里有一个罗马，
而到达罗马最近的路，
却只有一条。

力扬（1908—1964），原名季信，浙江青田人，现代诗人。代表诗集有《射虎者及其家族》。

43.哭亡女苏菲

高　兰

你哪里去了呢？我的苏菲！
去年今日
你还在台上唱“打走日本出口气”！
今年今日啊，
你的坟头已是绿草萋迷！

孩子啊！你使我在贫穷的日子里，
快乐了七年，我感谢你。
但你给我的悲痛

是绵绵无绝期呀，
我又该向你说些什么呢？

一年了！
春草黄了秋风起，
雪花落了燕子又飞去；
我却没有勇气
走向你的墓地！
我怕你听见我悲哀的哭声，
使你的小灵魂得不到安息！

一年了！
任黎明与白昼悄然消逝，
任黄昏去后又来到夜里；
但我竟提不起我的笔，
为你，写下我忧伤的情绪，
那撕裂人心的哀痛啊！
一想到你，
泪，湿透了我的纸！
泪，湿透了我的笔！
泪，湿透了我的记忆！
泪，湿透了我凄苦的日子！

孩子啊！
我曾一度翻着箱箧，
你的遗物还都好好的放起；
蓝色的书包，
红色的裙子，
一迭香烟里的画片，还有……

孩子！你所珍藏的一块小绿玻璃！
我低唤着苏菲！苏菲！
我就伏在箱子上放声大哭了！
醒来夜已三更，月在天西，
寒风阵阵传来
孤苦的老更人遥远的叹息！

我误了你呀！孩子！
你不过是患的疟疾，
空被医生挖去我最后的一文钱币。
我是个无用的人啊！
当卖了我最值钱的衣物，
不过是为你买一口白色的棺木，
把你深深地埋葬在黄土里！

可诅咒的信仰啊！
使我不曾为你烧化纸钱设过祭，
唉！你七年的人间岁月
直是穷苦与褴褛
死后你还是两手空空的。

告诉我！孩子！
在那个世界里，
你是否还是把手指头放在口里，
呆望着别人的孩子吃着花生米？
望着别人的花衣服
你忧郁的低下头去？

我知道你的灵魂漂泊无依，

漫漫的长夜呀！你都在哪里？
回来吧！苏菲！我的孩子！
我每夜都在梦中等你。
唉！纵山路崎岖你不堪跋涉，
但我的胸怀终会温暖
你那冰冷的小身躯！

当深山的野鸟一声哀啼，
惊醒了我悲哀的记忆，
夜来的风雨正洒洒凄凄！
我悄然的披衣而起，
提起那惨绿的灯笼，走向风雨，
向暗夜，向山峰，
向那墨黑的层云下，
呼唤着你的乳名，小鱼！小鱼！
来呀！孩子！这里是你的家呀！
你向这绿色的灯光走吧！
不要怕！
你的亲人正守候在风雨里！

但蜡泪成灰，灯儿灭了！
我的喉咙也再发不出声息。
我听见，寒霜落地，
我听见，蚯蚓翻地，
孩子，你却没有回答哟！
唉！飘飘的天风吹过了山峦，
歌乐山巅一颗星儿闪闪，
孩子！那是不是你悲哀的泪眼？

唉！歌乐山的青峰高如云际！
歌乐山的幽谷埋葬着我的亡女！

孩子啊！
你随着我七载流离，
你随着我跨越了千山万水，
我却不曾有一日饱食暖衣！
记得那古城之冬吧！
寒冷的风雪交加之夜，
一床薄被，我们三口之家，
吃完了白薯我们抱头痛哭的事吧！

但贫穷我们不怕，
因为你的美丽像一朵花，
点缀着我们苦难的家。
可是，如今叶落花飞，
我还有什么呀！

因为你爱写也爱画，
在盛殓你的时候，
你痴心的妈妈呀！
在你右手放了一支铅笔，
在你左手放下一卷白纸。
一年了呀！
我没接到你一封信来自天涯，
我没看见你有一个字写给妈妈！

我写给你什么呢？
唉！一年来，我像过了十载，

写作的生活呀！
使我快要成为一个乞丐！
我的脊背有些伛偻了，
我的头发已经有几茎斑白，
这个世界里，依旧是
富贵的更为富贵，
贫穷的更为贫穷；
我最后的一点青春与温情，
又为你带进了黄土堆中！

我写给你什么呢？
我一字一流泪！
一句一呜咽！
放下了笔，哭啊！
哭够了！再拿起笔来。

姗姗而来的是别人的春天，
鸟啼花发是别人的今年！
对东风我洒尽了哭你的泪，
向着云天，
我烧化了哭你的诗篇！

小鱼！我的孩子，
你静静地安息吧！
夜更深，
露更寒，
旷野将卷来狂飙！
雷雨闪电将摇撼着千万重山！
我要走向风暴，

我已无所系恋，
孩子！
假如你听见有声音叩着你的墓穴！
那就是我最后的泪滴入了黄泉！

高兰（1909—1987），原名郭德浩，黑龙江省瑷珲县人，现代诗人。代表作《高兰朗诵诗选》《朗诵诗新辑》。

44.雪落在中国的土地上

艾 青

雪落在中国的土地上，
寒冷在封锁着中国呀……

风，
像一个太悲哀了的老妇，
紧紧地跟随着，
伸出寒冷的指爪，
拉扯着行人的衣襟。
用着像土地一样古老的话，
一刻也不停地絮聒着……

学生版

那丛林间出现的，
赶着马车的，
你中国的农夫，
戴着皮帽，

冒着大雪，
要到哪儿去呢？

告诉你，
我也是农人的后裔——
由于你们的
刻满了痛苦的皱纹的脸，
我能如此深深地，
知道了，
生活在草原上的人们的，
岁月的艰辛。

而我，
也并不比你们快乐啊，
——躺在时间的河流上，
苦难的浪涛，
曾经几次把我吞没而又卷起——
流浪与监禁，
已失去了我的青春的
最可贵的日子，
我的生命，
也像你们的生命，
一样的憔悴呀。

雪落在中国的土地上，
寒冷在封锁着中国呀……

沿着雪夜的河流，
一盏小油灯在徐缓地移行，

那破烂的乌篷船里，
映着灯光，垂着头，
坐着的是谁呀？
——啊，你，
蓬发垢面的少妇，
是不是
你的家，
——那幸福与温暖的巢穴——
已被暴戾的敌人
烧毁了么？
是不是
也像这样的夜间，
失去了男人的保护，
在死亡的恐怖里，
你已经受尽敌人刺刀的戏弄？

咳，就在如此寒冷的今夜，
无数的，
我们的年老的母亲，
都蜷伏在不是自己的家里，
就像异邦人，
不知明天的车轮，
要滚上怎样的路程？
——而且
中国的路
是如此的崎岖，
是如此的泥泞呀。

雪落在中国的土地上，

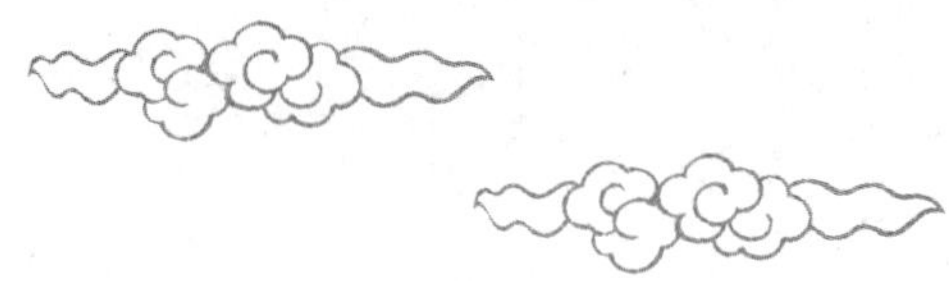

寒冷在封锁着中国呀……

透过雪夜的草原，
那些被烽火所啮啃着的地域，
无数的，土地的垦殖者，
失去了他们所饲养的家畜，
失去了他们肥沃的田地，
拥挤在
生活的绝望的污巷里；
饥馑的大地，
朝向阴暗的天，
伸出乞援的，
颤抖着的两臂。

中国的痛苦与灾难，
像这雪夜一样广阔而又漫长呀！
雪落在中国的土地上，
寒冷在封锁着中国呀……

中国，
我的在没有灯光的晚上，
所写的无力的诗句，
能给你些许的温暖么？

艾青（1910—1996），原名蒋正涵，号海澄。浙江金华人，现代诗人。著有诗集《大堰河——我的保姆》。

45.礁石

艾　青

一个浪，一个浪
无休止地扑过来
每一个浪都在它脚下
被打成碎沫，散开……

它的脸上和身上
像刀砍过的一样
但它依然站在那里
含着微笑，看着海洋……

46.黎明的通知

艾　青

为了我的祈愿
诗人啊，你起来吧

而且请你告诉他们
说他们所等待的已经要来

说我已踏着露水而来
已借着最后一颗星的照引而来

我从东方来
从汹涌着波涛的海上来

我将带光明给世界
又将带温暖给人类

借你正直人的嘴
请带去我的消息

通知眼睛被渴望所灼痛的人类
和远方的沉浸在苦难里的城市和村庄

请他们来欢迎我——
白日的先驱，光明的使者

打开所有的窗子来欢迎
打开所有的门来欢迎

请鸣响汽笛来欢迎
请吹起号角来欢迎

请清道夫来打扫街衢
请搬运车来搬去垃圾

让劳动者以宽阔的步伐走在街上吧
让车辆以辉煌的行列从广场流过吧

请村庄也从潮湿的雾里醒来
为了欢迎我打开它们的篱笆

请村妇打开她们的鸡埘
请农夫从畜棚牵出耕牛

借你的热情的嘴通知他们
说我从山的那边来，从森林的那边来

请他们打扫干净那些晒场
和那些永远污秽的天井

请打开那糊有花纸的窗子
请打开那贴着春联的门

请叫醒殷勤的女人
和那打着鼾声的男子

请年轻的情人也起来
和那些贪睡的少女

请叫醒困倦的母亲
和她身边的婴孩

请叫醒每个人
连那些病者与产妇

连那些衰老的人们
呻吟在床上的人们

连那些因正义而战争的负伤者
和那些因家乡沦亡而流离的难民

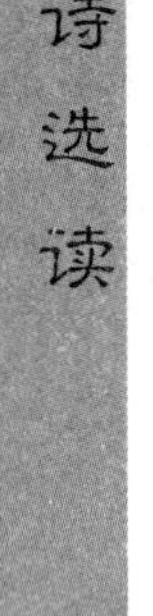

请叫醒一切的不幸者
我会一并给他们以慰安

请叫醒一切爱生活的人
工人，技师以及画家

请唱歌者唱着歌来欢迎
用草与露水所掺合的声音

请舞蹈者跳着舞来欢迎
披上她们白雾的晨衣

请叫那些健康而美丽的醒来
说我马上要来叩打她们的窗门

请你忠实于时间的诗人
带给人类以慰安的消息

请他们准备欢迎，请所有的人准备欢迎
当雄鸡最后一次鸣叫的时候我就到来

请他们用虔诚的眼睛凝视天边
我将给所有期待我的以最慈惠的光辉

趁这夜已快完了，请告诉他们
说他们所等待的就要来了

47.鱼化石

艾　青

动作多么活泼，
精力多么旺盛，
在浪花里跳跃，
在大海里浮沉；

不幸遇到火山爆发，
也可能是地震，
你失去了自由，
被埋进了灰尘；

过了多少亿年，
地质勘察队员，
在岩层里发现你，
依然栩栩如生。

但你是沉默的，
连叹息也没有，
鳞和鳍都完整，
却不能动弹；

你绝对的静止，
对外界毫无反应，
看不见天和水，
听不见浪花的声音。

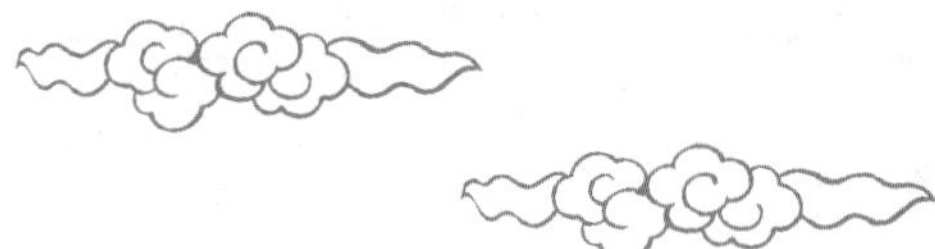

凝视着一片化石，
傻瓜也得到教训：
离开了运动，
就没有生命。

活着就要斗争，
在斗争中前进，
当死亡没有来临，
把能量发挥干净。

48.断章

卞之琳

你站在桥上看风景，
看风景人在楼上看你。
明月装饰了你的窗子，
你装饰了别人的梦。

卞之琳（1910—2000），江苏海门人，现代诗人。著有诗集《三秋草》《鱼目集》《慰劳信集》《十年诗草》《雕虫纪历》。

49.音尘

卞之琳

绿衣人熟稔地按门铃
就按在住户的心上：
是游过黄海来的鱼？
是飞过西伯利亚来的雁？
“翻开地图看。”远人说。
他指示我他所在的地方
是那条虚线旁的那个小黑点。

如果那是金黄的一点，
如果我的座椅是泰山顶，
在月夜，我猜你那儿
准是一个孤独的火车站。
然而我正对一本历史书。
西望夕阳里的咸阳古道，
我等到了一匹快马的蹄声。

50.一朵野花

陈梦家

一朵野花在荒原里开了又落了，
不想这小生命，向着太阳发笑，

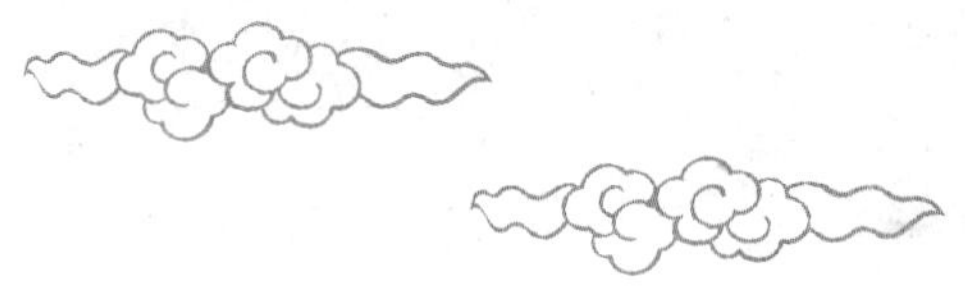

上帝给他的聪明他自己知道，
他的欢喜，他的诗，在风前轻摇。

一朵野花在荒原里开了又落了，
他看见青天，看不见自己的渺小，
听惯风的温柔，听惯风的怒号，
就连他自己的梦也容易忘掉。

陈梦家（1911—1966），浙江上虞人，现代诗人、学者。著有《梦家诗集》。

51.预言

何其芳

这一个心跳的日子终于来临！
呵，你夜的叹息似的渐近的足音，
我听得清不是林叶和夜风私语，
麋鹿驰过苔径的细碎的啼声！
告诉我，用你银铃的歌声告诉我，
你是不是预言中的年青的神？

你一定来自那温郁的南方！
告诉我那里的月色，那里的日光！
告诉我春风是怎样吹开百花，
燕子是怎样痴恋着绿杨！
我将合眼睡在你如梦的歌声里，
那温暖我似乎记得，又似乎遗忘。

请停下，停下你疲劳的奔波，
进来，这儿有虎皮的褥你坐！
让我烧起每一个秋天拾来的落叶，
听我低低地唱起我自己的歌！
那歌声将火光一样沉郁又高扬，
火光一样将我的一生诉说。

不要前行！前面是无边的森林：
古老的树现着野兽身上的斑纹，
半生半死的藤蟒一样交缠着，
密叶里漏不下一颗星星。
你将怯怯地不敢放下第二步，
当你听见了第一步空寥的回声。

一定要走吗？请等我和你同行！
我的脚步知道每一条熟悉的路径，
我可以不停地唱着忘倦的歌，
再给你，再给你手的温存！
当夜的浓黑遮断了我们，
你可以不转眼地望着我的眼睛！

我激动的歌声你竟不听，
你的脚竟不为我的颤抖暂停！
像静穆的微风飘过这黄昏里，
消失了，消失了你骄傲的足音！
呵，你终于如预言中所说的无语而来，
无语而去了吗，年青的神？

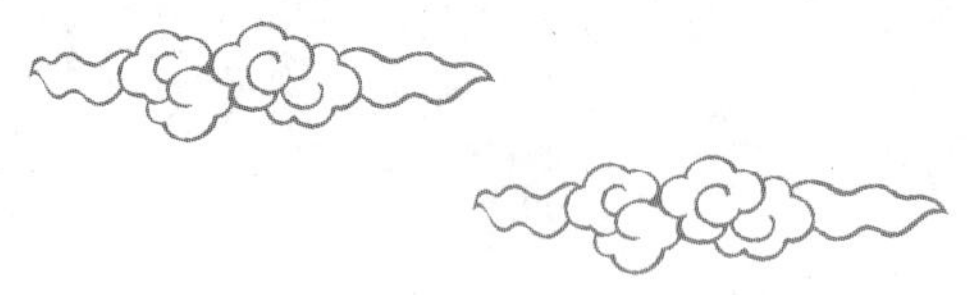

何其芳（1912—1977），原名何永芳，四川万县（今重庆万州区）人，现代散文家、诗人。代表作有诗集《预言》，散文集《画梦录》《刻意集》。

52.欢乐

何其芳

告诉我，欢乐是什么颜色？
像白鸽的羽翅？鹦鹉的红嘴？
欢乐是什么声音？像一声芦笛？
还是从簌簌的松声到潺潺的流水？

是不是可握住的，如温情的手？
可看见的，如亮着爱怜的眼光？
会不会使心灵微微地颤抖，
或者静静地流泪，如同悲伤？

欢乐是怎样来的？从什么地方？
萤火虫一样飞在朦胧的树阴？
香气一样散自蔷薇的花瓣上？
它来时脚上响不响着铃声？

对于欢乐，我的心是盲人的目，
但它是不是可爱的，如我的忧郁？

53.我为少男少女们歌唱

何其芳

我为少男少女们歌唱。
我歌唱早晨，
我歌唱希望，
我歌唱那些属于未来的事物，
我歌唱那些正在生长的力量。

我的歌呵，
你飞吧，
飞到年轻人的心中，
去找你停留的地方。

所有使我像草一样颤抖过的
快乐或者好的思想，
都变成声音
飞到四方八面去吧，
不管它像一阵微风，
或者一片阳光。

轻轻地从我琴弦上
失掉了成年的忧伤，
我重新变得年轻了，
我的血流得很快，
对于生活我又充满了梦想，
充满了渴望。

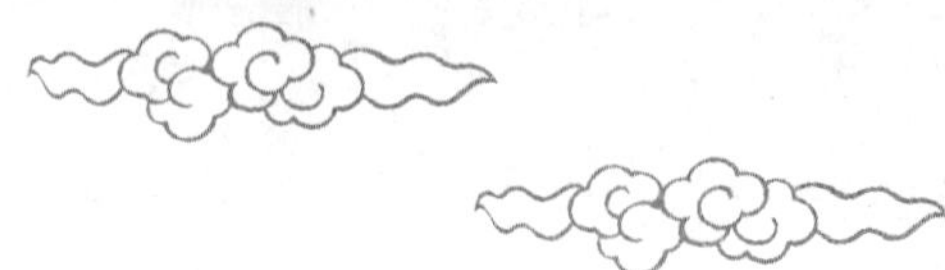

54.花环

——放在一个小坟上

何其芳

开落在幽谷里的花最香。
无人记忆的朝露最有光。
我说你是幸福的，小玲玲，
没有照过影子的小溪最清亮。

你梦过绿藤缘进你窗里，
金色的小花坠落到你发上。
你为檐雨说出的故事感动，
你爱寂寞，寂寞的星光。

你有珍珠似的少女的泪，
常流着没有名字的悲伤。
你有美丽得使你忧愁的日子，
你有更美丽的夭亡。

55.追求

覃子豪

大海中的落日
悲壮得像英雄的感叹

一颗星追过去
向遥远的天边

黑夜的海风
刮起了黄沙
在苍茫的夜里
一个健伟的灵魂
跨上了时间的快马

覃子豪（1912—1963），四川广汉人，现代诗人。著有诗集《自由的旗》《永安劫后》。

56.狼之独步

纪　弦

我乃旷野里独来独往的一匹狼。
不是先知，没有半个字的叹息。
而恒以数声凄厉已极之长嗥
摇撼彼空无一物之天地，
使天地战栗如同发了疟疾，
并刮起凉风飒飒的，飒飒飒飒的：
这就是一种过瘾。

纪弦（1913—2013），原名路逾，河北清苑人，当代诗人。著有诗集《易士诗集》《行过之生命》《纪弦诗选》。

学
生
版

57.你的名字

纪 弦

用了世界上最轻最轻的声音，
轻轻地唤你的名字每夜每夜。

写你的名字。
画你的名字。
而梦见的是你的发光的名字：

如日，如星，你的名字。
如灯，如钻石，你的名字。
如缤纷的火花，如闪电，你的名字。
如原始森林的燃烧，你的名字。

刻你的名字！
刻你的名字在树上。
刻你的名字在不凋的生命树上。
当这植物长成了参天的古木时，
啊啊，多好，多好，
你的名字也大起来。

大起来了，你的名字。
亮起来了，你的名字。
于是，轻轻轻轻轻轻地唤起你的名字。

58.泥土

鲁　藜

老是把自己当作珍珠
就时时有被埋没的痛苦

把自己当作泥土吧
让众人把你踩成一条道路

鲁藜（1914—1999），原名许图地，福建同安人，当代诗人。著有诗集《醒来的时候》《时间的歌》。

59.假使我们不去打仗

田　间

假使我们不去打仗，
敌人用刺刀
杀死了我们，
还要用手指着我们骨头说：
“看，这是奴隶！”

田间（1916—1985），原名童天鉴，安徽羊山人，现代诗人。著有诗集《未明集》《中国牧歌》。

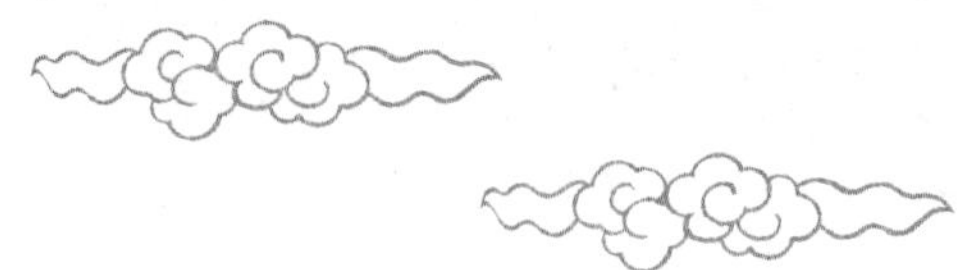

60.主人要辞职

袁水拍

我亲爱的公仆大人！
蒙你赐我主人翁的名称。
我感到了极大的惶恐，
同时也觉得你在寻开心。

明明你是高高在上的大人，
明明我是低低在下的百姓。
你发命令，我来拼命，
倒说你是公仆，我是主人？

我住马棚，你住厅堂，
我吃骨头，你吃蹄膀。
弄得不好，大人肝火旺，
把我出气，遍体鳞伤！

大人自称公仆实在冤枉，
把我叫做主人更不敢当。
你的名字应该修改修改，
我也不愿再干这一行。

我想辞职，你看怎样？
主人翁的台衔原封奉上。
我情愿名副其实地做驴子，
动物学上的驴子，倒也堂皇！

我给你骑，理所应当！
我给你踢，理所应当！
我给你打，理所应当！
不声不响，驴子之相！

我亲爱的骑师大人！
请骑吧！请不要作势装腔！
贱驴的脑筋简单异常，
你的缰绳，我的方向！

但愿你不要打得我太伤，
好让我的服务岁月久长，
标语口号，概请节省，
驴主，驴主，何必再唱！

1945年11月12日

袁水拍（1916—1982），原名袁光楣，江苏吴县（今属江苏苏州）人，现代诗人。著有诗集《马凡陀的山歌》。

61.山和海

陈敬容

相看两不厌，只有敬亭山。

——李白

高飞
没有翅膀

远航
没有帆

小院外
一棵古槐
做了日夕相对的
敬亭山

但却有海水
日日夜夜
在心头翻起
汹涌的波澜

无形的海啊
它没有边岸
不论清晨或黄昏
一样的深
一样的蓝

一样的海啊
一样的山
你有你的孤傲
我有我的深蓝

陈敬容（1917—1989），本名陈懿范，四川乐山人，诗人、翻译家。著有诗集《交响集》《盈盈集》《老去的是时间》等。

62.赞美

穆 旦

走不尽的山峦的起伏，河流和草原，
数不尽的密密的村庄，鸡鸣和狗吠，
接连在原是荒凉的亚洲的土地上，
在野草的茫茫中呼啸着干燥的风，
在低压的暗云下唱着单调的东流的水，
在忧郁的森林里有无数埋藏的年代。
它们静静地和我拥抱：
说不尽的故事是说不尽的灾难，
沉默的是爱情，是在天空飞翔的鹰群，
是干枯的眼睛期待着泉涌的热泪，
当不移的灰色的行列在遥远的天际爬行；
我有太多的话语，太悠久的感情，
我要以荒凉的沙漠，坎坷的小路，骡子车，
我要以槽子船，漫山的野花，阴雨的天气，
我要以一切拥抱你，你，
我到处看见的人民呵，
在耻辱里生活的人民，佝偻的人民，
我要以带血的手和你们一一拥抱，
因为一个民族已经起来。

一个农夫，他粗糙的身躯移动在田野中，
他是一个女人的孩子，许多孩子的父亲，
多少朝代在他的身边升起又降落了
而把希望和失望压在他身上，

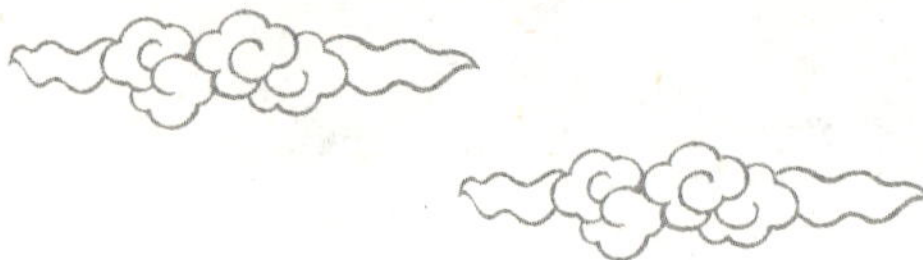

而他永远无言地跟在犁后旋转，
翻起同样的泥土溶解过他祖先的，
是同样的受难的形象凝固在路旁。
在大路上多少次愉快的歌声流过去了，
多少次跟来的是临到他的忧患，
在大路上人们演说，叫嚣，欢快，
然而他没有，他只放下了古代的锄头，
再一次相信名辞，溶进了大众的爱，
坚定地，他看着自己溶进死亡里，
而这样的路是无限的悠长的，
而他是不能够流泪的，
他没有流泪，因为一个民族已经起来。

在群山的包围里，在蔚蓝的天空下，
在春天和秋天经过他家园的时候，
在幽深的谷里隐着最含蓄的悲哀：
一个老妇期待着孩子，许多孩子期待着饥饿，
而又在饥饿里忍耐，
在路旁仍是那聚集着黑暗的茅屋，
一样的是不可知的恐惧，
一样的是大自然中那侵蚀着生活的泥土，
而他走去了从不回头诅咒。
为了他我要拥抱每一个人，
为了他我失去了拥抱的安慰，
因为他，我们是不能给以幸福的，
痛哭吧，让我们在他的身上痛哭吧，
因为一个民族已经起来。

一样的是这悠久的年代的风，

一样的是从这倾圮的屋檐下散开的无尽的呻吟和寒冷，
它歌唱在一片枯槁的树顶上，
它吹过了荒芜的沼泽，芦苇和虫鸣，
一样的是这飞过的乌鸦的声音。
当我走过，站在路上踟蹰，
我踟蹰着为了多年耻辱的历史
仍在这广大的山河中等待，
等待着，我们无言的痛苦是太多了，
然而一个民族已经起来，
然而一个民族已经起来。

穆旦（1918—1977），原名查良铮，浙江海宁人，现代诗人。著有诗集《探险队》《穆旦诗集》《旗》。

63.春

穆 旦

绿色的火焰在草上摇曳，
他渴求着拥抱你，花朵。
反抗着土地，花朵伸出来，
当暖风吹来烦恼，或者欢乐。
如果你是醒了，推开窗子，
看这满园的欲望多么美丽。

蓝天下，为永远的谜蛊惑着的
是我们二十岁的紧闭的肉体，

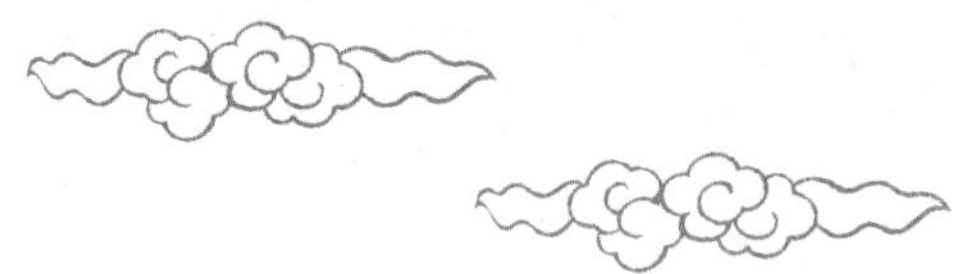

一如那泥土做成的鸟的歌，
你们被点燃，卷曲又卷曲，却无处归依。
呵，光，影，声，色，都已经赤裸，
痛苦着，等待伸入新的组合。

64.旗

穆　旦

我们都在下面，你在高空飘扬，
风是你的身体，你和太阳同行，
常想飞出物外，却为地面拉紧。

是写在天上的话，大家都认识，
又简单明确，又博大无形，
是英雄们的游魂活在今日。

你渺小的身体是战争的动力，
战争过后，而你是唯一的完整，
我们化成灰，光荣由你留存。

太肯负责任，我们有时茫然，
资本家和地主拉你来解释，
用你来取得众人的和平。

是大家的心，可是比大家聪明，
带着清晨来，随黑夜而受苦，

你最会说出自由的欢欣。

四方的风暴，由你最先感受，
是大家的方向，因你而胜利固定，
我们爱慕你，如今属于人民。

65.一个战士需要温柔的时候

穆　旦

你的多梦幻的青春，姑娘，
别让战争的泥脚把它踏碎，
那里才有真正的火焰，
而不是这里燃烧的寒冷，
当初生的太阳从海边上升，
林间的微风也刚刚苏醒。

别让那么多残忍的哲理，姑娘，
也织上你的锦绣的天空，
你的眼泪和微笑有更多的话，
更多的使我持枪的信仰，
当劳苦和死亡不断的绵延，
我宁愿它是南方的欺骗。

因为青草和花朵还在你心里，
开放着人间仅有的春天，
别让我们充满意义的糊涂，姑娘，

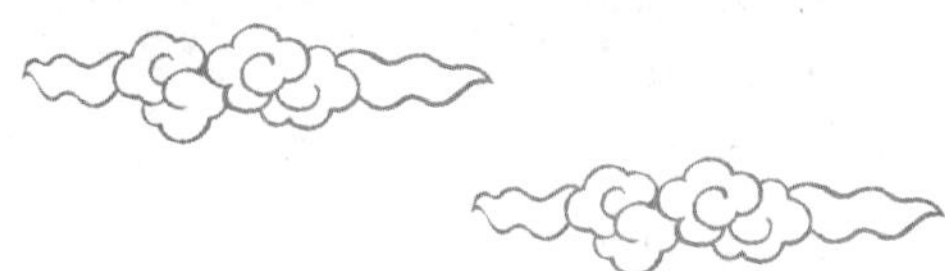

也把你的丰富变为荒原，
唯一的憩息只有由你安排，
当我们摧毁着这里的房屋。

你的年代在前或在后，姑娘，
你的每一个错觉都令我向往，
只不要堕入现在，
它嫉妒我们已得或未来的幸福；
等一个较好的世界能够出生，
姑娘，它会保留你纯洁的欢欣。

66.我歌颂肉体

穆　旦

我歌颂肉体，因为它是岩石，
在我们的不肯定中肯定的岛屿。

我歌颂那被压迫的，和被蹂躏的，
有些人的吝啬和有些人的浪费：
那和神一样高，和蛆一样低的肉体。

我们从来没有触到它，
我们畏惧它而且给它封以一种律条，
但它原是自由的和那远山的花一样，丰富如同
蕴藏的煤一样，把平凡的轮廓露在外面，
它原是一颗种子而不是我们的掩蔽。

性别是我们给它的僵死的诅咒，
我们幻化了它的实体而后伤害它，
我们感到了和外面的不可知的联系
和一片大陆，却又把它隔离。

那压制着它的是它的敌人：思想，
（笛卡尔说：我想，所以我存在。）
但思想不过是穿破的衣服越穿越薄弱
越褪色越不能保护它所要保护的，
自由而又丰富的，是那肉体。

我歌颂肉体：因为它是大树的根。
摇吧，缤纷的树叶，这里是你坚实的根基。
一切的事物令我困扰，
一切事物使我们相信而又不能相信，就要得到
而又不能得到，开始抛弃而又抛弃不开，
但肉体使我们已经得到的，这里。
这里是黑暗的憩息。

是在这个岩石上，成立我们和世界的距离，
是在这个岩石上，自然存放一点东西，
风雨和太阳，时间和空间，都由于它的大胆的
网罗而投进我们怀里。

但是我们害怕它，歪曲它，幽禁它，
因为我们还没有把它的生命认为是我们的生命，
还没有把它的发展纳入我们的历史，
因为它的秘密还远在我们所有的语言之外。

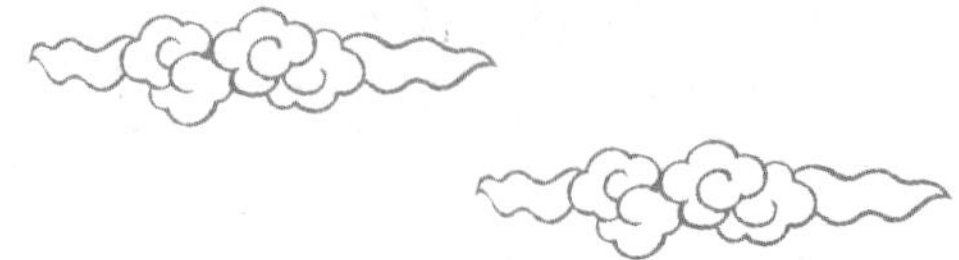

我歌颂肉体：因为光明要从黑暗站出来：
你沉默而丰富的刹那，美的真实，我的肉体。

67.神的变形

穆　旦

神

浩浩荡荡，我掌握历史的方向，
有始无终，我推动着巨轮前进；
我驱走了魔，世间全由我主宰，
人们天天到我的教堂来致敬。
我的真言已经化入日常生活，
我记得它曾引起多大的热情。
我不知度过多少胜利的时光，
可是如今，我的体系像有了病。

权力

我是病因。你对我的无限要求
就使你的全身生出无限的腐锈。
你贪得无厌，以为这样最安全，
却被我腐蚀得一天天更保守。
你原来是从无到有，力大无穷，
一天天的礼赞已经把你催眠，
岂不知那都是我给你的报酬？
而对你的任性，人心日渐变冷，
在那心窝里有了另一个要求。

魔

那是要求我。我在人心里滋长，
重新树立了和你崭新的对抗，
而且把正义，诚实，公正和热血
都从你那里拿出来做我的营养。
你击败的是什么？熄灭的火炬！
可是新燃的火炬握在我手上。
虽然我还受着你权威的压制，
但我已在你全身开辟了战场。
决斗吧，就要来了决斗的时刻，
万众将推我继承历史的方向。
呵，魔鬼，魔鬼，多丑陋的名称！
可是看吧，等我由地下升到天堂！

人

神在发出号召，让我们击败魔，
魔发出号召，让我们击败神祇；
我们既厌恶了神，也不信任魔，
我们该首先击败无限的权力！
这神魔之争在我们头上进行，
我们已经旁观了多少个世纪！
不，不是旁观，而是被迫卷进来，
怀着热望，像为了自身的利益。
打倒一阵，欢呼一阵，失望无穷，
总是绝对的权利得到了胜利！
神和魔都要绝对地统治世界，
而且都会把自己装扮得美丽。

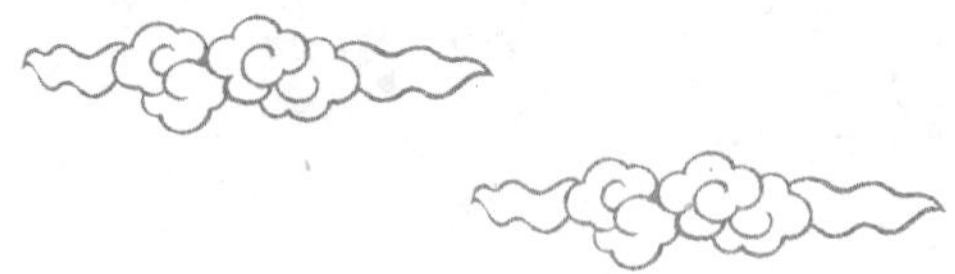

心呵，心呵，你是这样容易受骗，
但现在，我们已看到一个真理。

魔

人呵，别顾你的真理，别犹疑！
只要看你们现在受谁的束缚！
我是在你们心里生长和培育，
我的形象可以任由你们雕塑。
只要推翻了神的统治，请看吧：
我们之间的关系将异常谐和。
我是代表未来和你们的理想，
难道你们甘心忍受神的压迫？

人

对，哪里有压迫，哪里就有反抗；
谁推翻了神谁就进入天堂。

权力

而我，不见的幽灵，躲在他身后，
不管是神，是魔，是人，登上宝座，
我有种种幻术越过他的誓言，
以我的腐蚀剂伸入各个角落；
不管是多么美丽的形象，
最后……人已多次体会了那苦果。

68.波浪

蔡其矫

永无休止地运动，
应是大自然有形的呼吸，
一切都因你而生动，

波浪啊！
没有你，天空和大海多么单调，
没有你，海上的道路就可怕地寂寞，
你是航海者最亲密的伙伴，

波浪啊！
你抚爱船只，照耀白帆，
飞溅的水花是你露出雪白的牙齿
微笑着，伴随船上的水手
走遍天涯海角。

今天，我以欢乐的心回忆，
当你镜子般发着柔光，
让天空的彩霞舞衣飘动，
那时你的呼吸比玫瑰还要温柔迷人。

可是，为什么，当风暴到来，
你的心是多么不平静，
你掀起严峻的山峰，
却比暴风还要凶猛？

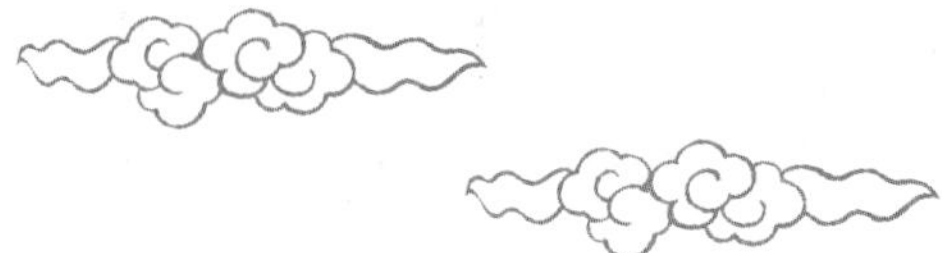

是因为你厌恶灾难吗?
是因为你憎恨强权吗?
我英勇的、自由的心啊
谁敢在你上面建立他的统治?

我也不能忍受强暴的呼喝,
更不能服从邪道的压制,
我多么羡慕你的性子,
波浪啊!

对水藻是细语,
对巨风是抗争,
生活正应像你这样爱憎分明
波——浪——啊!

蔡其矫(1918—2007),福建晋江人,诗人、散文家。著有诗集《回声集》《涛声集》《回声续集》《祈求》《迎风集》《醉石》等。

69.甘蔗林——青纱帐

郭小川

南方的甘蔗林哪,南方的甘蔗林!
你为什么这样香甜,又为什么那样严峻?
北方的青纱帐啊,北方的青纱帐!
你为什么那样遥远,又为什么这样亲近?

我们的青纱帐哟，跟甘蔗林一样地布满浓阴，
那随风摆动的长叶啊，也一样地鸣奏嘹亮的琴音；
我们的青纱帐哟，跟甘蔗林一样地脉脉情深，
那载着阳光的露珠啊，也一样地照亮大地的清晨。

肃杀的秋天毕竟过去了，繁华的夏日已经来临，
这香甜的甘蔗林哟，哪还有青纱帐里的艰辛！
时光像泉水一般涌啊，生活像海浪一般推进，
那遥远的青纱帐哟，哪曾有甘蔗林的芳芬！

我年青时代的战友啊，青纱帐里的亲人！
让我们到甘蔗林集合吧，重新会会昔日的风云；
我战争中的伙伴啊，一起在北方长大的弟兄们！
让我们到青纱帐去吧，喝令时间退回我们的青春。

可记得？我们曾经有过一个伟大的发现：
住在青纱帐里，高粱秸比甘蔗还要香甜；
可记得？我们曾经有过一个大胆的判断：
无论上海或北京，都不如这高粱地更叫人留恋。

可记得？我们曾经有过一种有趣的梦幻：
革命胜利以后，我们一道捋着白须、游遍江南；
可记得？我们曾经有过一点渺小的心愿：
到了社会主义时代，狠狠心每天抽它三支香烟。

可记得？我们曾经有过一个坚定的信念：
即使死了化为粪土，也能叫高粱长得秆粗粒圆；
可记得？我们曾经有过一次细致的计算：
只要青纱帐不倒，共产主义肯定要在下代实现。

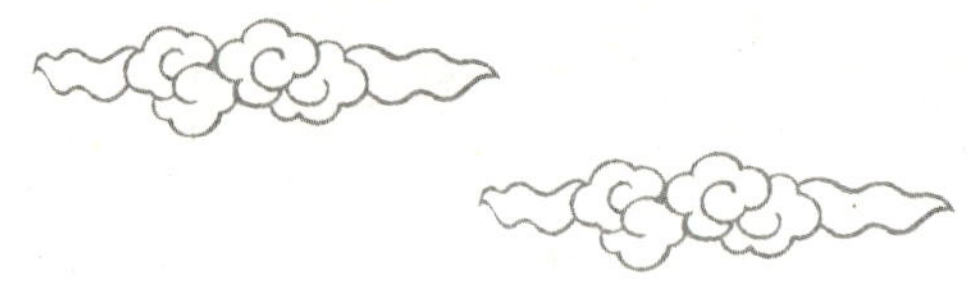

可记得？在分别时，我们定过这样的方案：
将来，哪里有严重的困难，我们就在哪里见面；
可记得？在胜利时，我们发过这样的誓言：
往后，生活不管甜苦，永远也不忘记昨天和明天。

我年青时代的战友啊，青纱帐里的亲人！
我们有的当了厂长、学者，有的作了编辑、将军，
能来甘蔗林里聚会吗？——不能又有什么要紧！
我知道，你们有能力驾驭任何险恶的风云。

我战争中的伙伴啊，一起在北方长大的弟兄们！
你们有的当了工人、教授，有的作了书记、农民，
能回到青纱帐去吗？——生活已经全新，
我知道，你们有勇气唤回自己的战斗的青春。

南方的甘蔗林哪，南方的甘蔗林！
你为什么这样香甜，又为什么那样严峻？
北方的青纱帐啊，北方的青纱帐！
你为什么那样遥远，又为什么这样亲近？

郭小川（1919—1976），原名郭恩大，河北丰宁人，现代诗人。著有诗集《投入火热的斗争》《致青年公民》《雪与山谷》《鹏程万里》《月下集》。

70.金黄的稻束

郑　敏

金黄的稻束站在
割过的秋天的田里，
我想起无数个疲倦的母亲，
黄昏的路上我看见那皱了的美丽的脸，
收获日的满月在
高耸的树巅上，
暮色里，远山
围着我们的心边，
没有一个雕像能比这更静默。
肩荷着那伟大的疲倦，
你们在这伸向远远的一片
秋天的田里低首沉思，
静默。静默。历史也不过是
脚下一条流去的小河，
而你们，站在那儿，
将成为人类的一个思想。

郑敏，1920年生，福建闽侯人，当代诗人。著有诗集《心象》《寻觅集》。

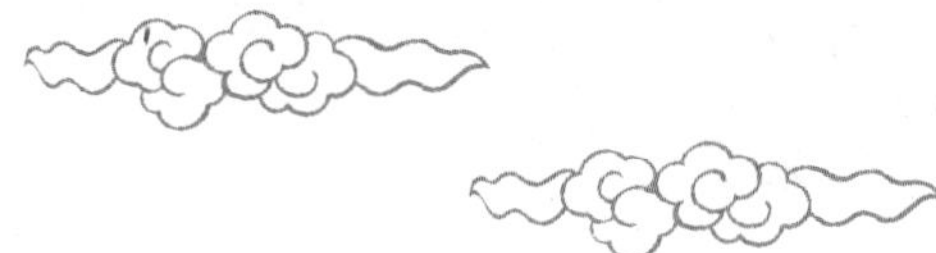

71.小时候

绿　原

小时候
我不认识字，
妈妈就是图书馆。
我读着妈妈——

有一天，
这世界太平了：
人会飞……
小麦从雪地里出来……
钱都没有用……

金子用来做房屋的砖，
钞票用来糊纸鹞，
银币用来漂水纹……

我要做一个流浪的少年，
带着一只镀金的苹果、
一只银发的蜡烛
和一只从埃及王国飞来的红鹤，
旅行童话王国，
去向糖果城的公主求婚……

但是，妈妈说：
“你现在必须工作。”

绿原（1922—2009），原名刘仁甫，又名刘半九，湖北黄陂人，当代作家、诗人。著有《童话》《绿原自选诗》。

72.悬崖边的树

曾　卓

不知道是什么奇异的风
将一棵树吹到了那边——
平原的尽头
临近深谷的悬崖上

它倾听远处森林的喧哗
和深谷中小溪的歌唱
它孤独地站在那里
显得寂寞而又倔强

它的弯曲的身体
留下了风的形状
它似乎即将倾跌进深谷里
却又像是要展翅飞翔……

曾卓（1922—2002），原名曾庆冠，湖北黄陂人，当代作家。代表作有《曾卓文集》《门》《悬崖边的树》《老水手的歌》。

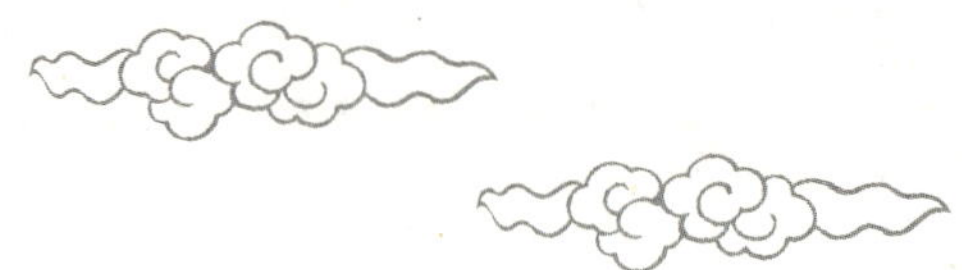

73.悼念一棵枫树

牛　汉

我想写几页小诗，把你最后的绿叶保留下几片来。

——摘自日记

湖边山丘上
那棵最高大的枫树
被伐倒了……
在秋天的一个早晨

几个村庄
和这一片山野
都听到了，感觉到了
枫树倒下的声响

家家的门窗和屋瓦
每棵树，每根草
每一朵野花
树上的鸟，花上的蜂
湖边停泊的小船
都颤颤地哆嗦起来……

是由于悲哀吗？

这一天
整个村庄

和这一片山野上
飘忽着浓郁的清香

清香
落在人的心灵上
比秋雨还要阴冷

想不到
一棵枫树
表皮灰暗而粗犷
发着苦涩气息
但它的生命内部
却贮蓄了这么多的芬芳

芬芳
使人悲伤

枫树直挺挺的
躺在草丛和荆棘上
那么庞大，那么青翠
看上去比它站立的时候
还要雄伟和美丽

伐倒三天之后
枝叶还在微风中
簌簌地摇动
叶片上还挂着明亮的露水
仿佛亿万只含泪的眼睛
向大自然告别

哦，湖边的白鹤
哦，远方来的老鹰
还朝着枫树这里飞翔呢

枫树
被解成宽阔的木板
一圈圈年轮
涌出了一圈圈的
凝固的泪珠

泪珠
也发着芬芳
不是泪珠吧
它是枫树的生命
还没有死亡的血球

村边的山丘
缩小了许多
仿佛低下了头颅

伐倒了
一棵枫树
伐倒了
一个与大地相连的生命

牛汉（1923—2013），山西省定襄县人，当代诗人、作家。著有诗集《彩色的生活》《海上蝴蝶》。

74.根

牛　汉

我是根，
一生一世在地下
默默地生长，
向下，向下……
我相信地心有一个太阳。

听不见枝头鸟鸣，
感觉不到柔软的微风，
但是我坦然
并不觉得委屈烦闷。

开花的季节，
我跟枝叶同样幸福
沉甸甸的果实，
注满了我的全部心血。

75.三门峡——梳妆台

贺敬之

望三门，三门开：
“黄河之水天上来！”

神门险，鬼门窄，
人门以上百丈崖。
黄水劈门千声雷，
狂风万里走东海。

望三门，三门开：
黄河东去不回来。
昆仑山高邙山矮，
禹王马蹄长青苔。
马去“门”开不见家，
门旁空留“梳妆台”。

梳妆台呵，千万载，
梳妆台上何人在？
乌云遮明镜，
黄水吞金钗。
但见那：辈辈艄公洒泪去，
却不见：黄河女儿梳妆来。

梳妆来呵，梳妆来！
——黄河女儿头发白。
挽断“白发三千丈”，
愁杀黄河万年灾！
登三门，向东海：
问我青春何时来？！

何时来呵，何时来？
……
——盘古生我新一代！

举红旗，天地开，
史书万卷脚下踩。
大笔大字写新篇：
社会主义——我们来！

我们来呵，我们来，
昆仑山惊邙山呆：
展我治黄万里图，
先扎黄河腰中带——
神门平，鬼门削，
人门三声化尘埃！

望三门，门不在，
明日要看水闸开。
责令李白改诗句：
“黄河之水‘手中’来！”
银河星光落天下，
清水清风走东海。

走东海，去又来，
讨回黄河万年债！
黄河女儿容颜改，
为你重整梳妆台。
青天悬明镜，
湖水映光彩——
黄河女儿梳妆来！

梳妆来呵，梳妆来！
百花任你戴，

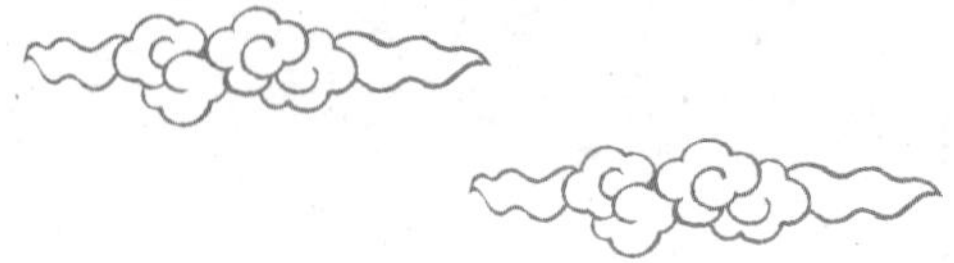

春光任你采，
万里锦绣任你裁！
三门闸工正年少，
幸福闸门为你开。
并肩挽手唱高歌呵，
无限青春向未来！

贺敬之，1924年生，山东枣庄人，当代诗人、剧作家。代表作有歌剧《白毛女》，抒情短诗《回延安》。

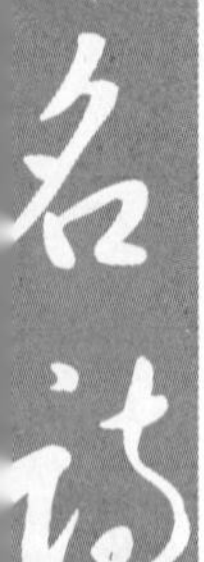

76.“人”这个字

张志民

听书法家说：
书道之深，着实莫测！
历代的权贵们
为着装点门面
都喜欢弄点文墨附庸风雅，
他们花一辈子功夫
把“功名利禄”几个字
练得龙飞凤舞，
而那个最简单的“人”字，
却大多是——
缺骨少肉，歪歪斜斜……

张志民（1926—1998），北京人，现代诗人。著有诗集《死不着》《大海·苍天·人世》。

77.寻李白

——痛饮狂歌空度日，飞扬跋扈为谁雄

余光中

那一双傲慢的靴子至今还落在
高力士羞愤的手里，人却不见了
把满地的难民和伤兵
把胡马和羌笛交践的节奏
留给杜二去细细地苦吟
自从那年贺知章眼花了
认你做谪仙，便更加佯狂
用一只中了魔咒的小酒壶
把自己藏起，连太太都寻不到你

怨长安城小而壶中天长
在所有的诗里你都预言
会突然水遁，或许就在明天
只扁舟破浪，乱发当风

树敌如林，世人皆欲杀
肝硬化怎杀得死你？
酒入豪肠，七分酿成了月光
余下的三分啸成剑气

绣口一吐就半个盛唐
从开元到天宝，从洛阳到咸阳
冠盖满途车骑的嚣闹
不及千年后你的一首
水晶绝句轻叩我额头
当地一弹挑起的回音

一贬世上已经够落魄
再放夜郎毋乃太难堪
至今成谜是你的籍贯
陇西或山东，青莲乡或碎叶城
不如归去归哪个故乡？
凡你醉处，你说过，皆非他乡
失踪，是天才唯一的下场
身后事，究竟你遁向何处？
猿啼不住，杜二也苦劝你不住
一回头囚窗下竟已白头
七仙，五友，都救不了你了
匡山给雾锁了，无路可入
仍炉火未纯青，就半粒丹砂
怎追蹑葛洪袖里的流霞？

樽中月影，或许那才是你的故乡
常得你一生痴痴地仰望？
而无论出门向东哭，向西哭
长安却早已陷落
二十四万里的归程
也不必惊动大鹏了，也无须招鹤
只消把酒杯向半空一扔
便旋成一只霍霍的飞碟

诡绿的闪光愈转愈快
接你回传说里去

余光中（1928—2017），福建永春人，当代诗人。著有诗集《舟子的悲歌》《蓝色的羽毛》《钟乳石》《余光中诗选》。

78.乡愁

余光中

小时候，
乡愁是一枚小小的邮票，
我在这头，
母亲在那头。

长大后，
乡愁是一张窄窄的船票，
我在这头，
新娘在那头。

后来啊，
乡愁是一方矮矮的坟墓，
我在外头，
母亲在里头。

而现在，
乡愁是一湾浅浅的海峡，

我在这头，
大陆在那头。

79. 乡愁四韵

余光中

给我一瓢长江水啊长江水
酒一样的长江水
醉酒的滋味
是乡愁的滋味
给我一瓢长江水啊长江水

给我一张海棠红啊海棠红
血一样的海棠红
沸血的烧痛
是乡愁的烧痛
给我一张海棠红啊海棠红

给我一片雪花白啊雪花白
信一样的雪花白
家信的等待
是乡愁的等待
给我一片雪花白啊雪花白

给我一朵腊梅香啊腊梅香
母亲一样的腊梅香

母亲的芬芳
是乡土的芬芳
给我一朵腊梅香啊腊梅香

80.白玉苦瓜

余光中

似醒似睡，缓缓的柔光里
似悠悠醒自千年的大寐
一只瓜从从容容在成熟
一只苦瓜，不再是涩苦
日磨月磋琢出深孕的清莹
看茎须缭绕，叶掌抚抱
哪一年的丰收像一口要吸尽
古中国喂了又喂的乳浆
完美的圆腻啊酣然而饱
那触角，不断向外膨胀
充实每一粒酪白的葡萄
直到瓜尖，仍翘着当日的新鲜

茫茫九州只缩成一张舆图
小时候不知道将它叠起
一任摊开那无穷无尽
硕大似记忆母亲，她的胸脯
你便向那片肥沃匍匐
用蒂用根索她的恩液

苦心的悲慈苦苦哺出
不幸呢还是大幸这婴孩
钟整个大陆的爱在一只苦瓜
皮鞋踩过，马蹄踩过
重吨战车的履带踩过
一丝伤痕也不曾留下

只留下隔玻璃这奇迹难信
犹带着后土依依的祝福
在时光以外奇异的光中
熟着，一个自足的宇宙
饱满而不虞腐烂，一只仙果
不产生在仙山，产在人间
久朽了，你的前身，唉，久朽
为你换胎的那手，那巧腕
千眄万睐巧将你引渡
笑对灵魂在白玉里流转
一首歌，咏生命曾经是瓜而苦
被永恒引渡，成果而甘

81.民歌

余光中

传说北方有一首民歌，
只有黄河的肺活量能歌唱，
从青海到黄海，

风，也听见，
沙，也听见。

如果黄河冻成了冰河，
还有长江最最母性的鼻音，
从高原到平原，
鱼，也听见，
龙，也听见。

如果长江冻成了冰河，
还有我，还有我的红海在呼啸，
从早潮到晚潮，
醒，也听见，
梦，也听见。

有一天我的血也结冰，
还有你的血他的血在合唱，
从A型到O型，
哭，也听见，
笑，也听见。

82.白堤

洛　夫

白居易是不是一个浪漫派
有待研究

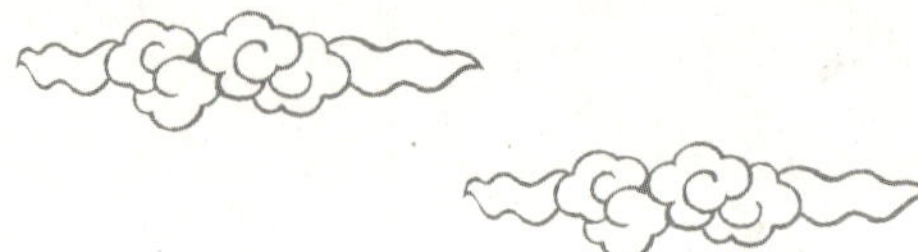

而他的的确确在一夜之间
替西湖
画了一条叫人心跳的眉
且把鸟语，长长短短
挂满了四季的柳枝
啁啾了千多年才把我
从梦中吵醒
早餐是一窗的云
外带一壶虎跑泉水泡的钟声
饱得打嗝
但散步到堤上
又补了一顿
被荷叶吃剩的秋风

洛夫（1928—2018），湖南衡阳人，当代诗人。著有诗集《灵河》《石室之死亡》《无岸之河》《魔歌》《因为风的缘故》。

83.与李贺共饮

洛　夫

石破
天惊
秋雨吓得骤然凝在半空
这时，我乍见窗外
有客骑驴自长安来
背了一布袋的

骇人的意象
人未至，冰雹般的诗句
已挟冷雨而降
我隔着玻璃再一次听到
羲和敲日的叮当声
哦！好瘦好瘦的一位书生
瘦得犹如一支精致的狼毫
你那宽大的蓝布衫，随风
涌起千顷波涛

嚼五香蚕豆似的
嚼着绝句。绝句。绝句
你激情的眼中
温有一壶新酿的花雕
自唐而宋而元而明而清
最后注入
我这小小的酒杯
我试着把你最得意的一首七绝
塞进一只酒瓮中
摇一摇，便见云雾腾升
语字醉舞而平仄乱撞
瓮破，你的肌肤碎裂成片
旷野上，隐闻
鬼哭啾啾
狼嗥千里

来来请坐，我要与你共饮
这历史中最黑的一夜
你我并非等闲人物

岂能因不入唐诗三百首而相对发愁
从九品奉礼郎是个什么官？
这都不必去管它
当年你还不是在大醉后
把诗句呕吐在豪门的玉阶上
喝酒呀喝酒
今晚的月，大概不会为我们
这千古一聚而亮了
我要趁黑为你写一首晦涩的诗
不懂就让他们去不懂
不懂
为何我们读后相视大笑

84.水祭

洛　夫

既莫足与为美政兮，
吾将从彭咸之所居。

——《离骚》

（一）

挥菖蒲之碧剑
扬汨罗之浊浪
在泽畔
在石榴纷举怒拳的五月

我又见你从江心踏波而来
见一株白色水姜伸出温婉的手
牵你涉水而过
江水早已洗白了你一身傲骨
何不把青衫与发簪留给昨日的风雨
归来吧，楚国的诗魂

（二）

面容枯槁，身上长满青苔
那提着一头湿发而行吟江边的人
是你吗？
手捧一部残破的《离骚》
兀自坐在一堆鹅卵石上呕吐

吐尽泥水却吐不尽牢骚
你沿岸踽踽独行，数了又数自己的
脚印
且苦苦追思
祸根就是那一部宪令的草稿
在江底摸了千年也找不到答案

（三）

问天，天以一片乌云作答
只怪你出门看天色不看怀王的脸色
披肝沥胆犹嫌你的血气太腥
且上官大夫靳尚早就在你的枕边
暗藏了一条毒蛇

爱国忠君敌不过郑袖的裙底风云
正道直行不值张仪的舌粲莲花
怀王宁饮谗谀之酞酒
终落得亡命楚地
三闾大夫啊，你纵冤死而尸骨犹香

（四）

谗言似火
只烧得你发枯唇焦，双目俱赤
你被扔进烈焰而化为一炉熔浆
冷却处理自属必要
便投身于江水的冰寒

钢铁于焉成形
在时间中已煅成一柄不锈的古剑
水中躺了两千年的诗魂啊
汨罗汹涌的浪涛
高举你于历史的孤峰

（五）

昨夜不眠
我在风中展读你的九歌
乍闻河伯嗷嗷，山鬼啾啾
以及渔父从水漩中
捞起你一只靴子的惊呼

你制芰荷以为衣兮
集芙蓉以为裳
你雕寒星以为目兮
凝冰雪以为魂
三闾大夫，我把你荒凉的额角读成
巍峨

85.流浪人

罗　门

被海的辽阔整得好累的一条船在港里
他用灯拴自己的影子在咖啡桌的旁边
那是他随身带的一条动物
除了它安娜近得比什么都远

把酒喝成故乡的月色
空酒瓶望成一座荒岛
他带着随身带的那条动物
朝自己的鞋声走去
一颗星也在很远很远里
带着天空在走

明天当第一扇百叶窗
将太阳拉成一把梯子
他不知往上走　还是往下走

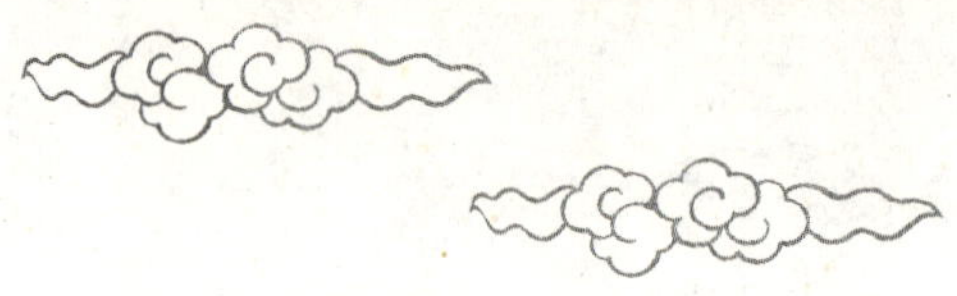

罗门（1928—2017），原名韩仁存，海南文昌人，当代诗人。代表作有《曙光》《死亡之塔》《罗门诗选》。

86.用脚思想

商　禽

在天上
寻不到脚
我们用头行走
虹
是虚无的桥
云
是缥缈的路

在地下
找不到头
我们用脚思想
垃圾
是杂乱的命题
陷阱
是预设的结论
我们的右手找不到左手
我们的左脚找不到右脚
左手不明右手的方向
右脚不悉左脚的行踪

我们不去想我们的手和脚
让手和脚它们自己去怀想
右手想左手
左脚想右脚

商禽（1930—2010），原名罗燕，四川珙县人，台湾现代派诗人。诗集有《梦或者黎明及其他》《用脚思想：诗及素描》等。

87.就是那一只蟋蟀

流沙河

台湾诗人Y先生说："在海外，夜间听到蟋蟀叫，就会以为那是在四川乡下听到的那一只。"

就是那一只蟋蟀
钢翅响拍着金风
一跳跳过了海峡
从台北上空悄悄降落
落在你的院子里
夜夜唱歌

就是那一只蟋蟀
在《豳风·七月》里唱过
在《唐风·蟋蟀》里唱过
在《古诗十九首》里唱过
在花木兰的织机旁唱过
在姜夔的词里唱过

劳人听过
思妇听过

就是那一只蟋蟀
在深山的驿道边唱过
在长城的烽台上唱过
在旅馆的天井中唱过
在战场的野草间唱过
孤客听过
伤兵听过

就是那一只蟋蟀
在你的记忆里唱歌
在我的记忆里唱歌
唱童年的惊喜
唱中年的寂寞
想起雕竹做笼
想起呼灯篱落
想起月饼
想起桂花
想起满腹珍珠的石榴果
想起故园飞黄叶
想起野塘剩残荷
想起雁南飞
想起田间一堆堆的草垛
想起妈妈唤我们回去加衣裳
想起岁月偷偷流去许多许多

就是那一只蟋蟀
在海峡这边唱歌

在海峡那边唱歌
在台北的一条巷子里唱歌
在四川的一个乡村里唱歌
在每个中国人脚迹所到之处
处处唱歌
比最单调的乐曲更单调
比最谐和的音响更谐和
凝成水
是露珠
燃成光
是萤火
变成鸟
是鹧鸪
啼叫在乡愁者的心窝

就是那一只蟋蟀
在你的窗外唱歌
在我的窗外唱歌
你在倾听
你在想念
我在倾听
我在吟哦
你该猜到我在吟些什么
我会猜到你在想些什么
中国人有中国人的心态
中国人有中国人的耳朵

流沙河，1931年生，原名余勋坦，“流沙河”中的“流沙”二字，取自《尚书·禹贡》之“东至于海，西至于流沙”，因为国人名字惯为三字，所以将“河”复补。

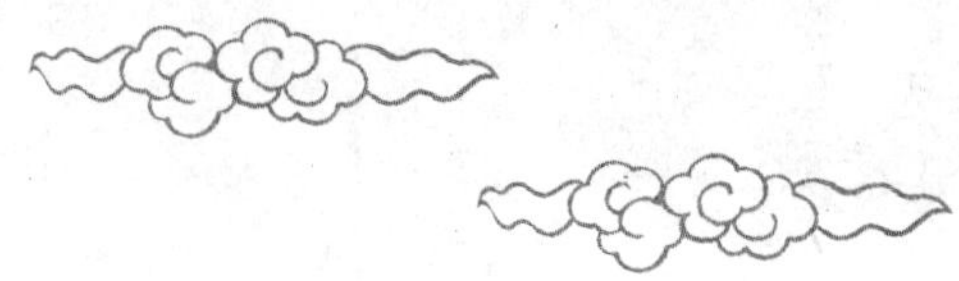

88.错误

郑愁予

我打江南走过
那等在季节里的容颜如莲花的开落

东风不来，三月的柳絮不飞
你的心如小小的寂寞的城
恰若青石的街道向晚
跫音不响，三月的春帷不揭
你的心是小小的窗扉紧掩

我达达的马蹄是美丽的错误
我不是归人，是个过客……

郑愁予，1933年生，原名郑文韬，祖籍河北，生于山东，当代诗人。著有诗集《梦土上》《衣钵》《窗外的女奴》《郑愁予诗集》。

89.假如生活重新开头

邵燕祥

假如生活重新开头
我的旅伴，我的朋友——
还是迎着朝阳出发，

把长长的身影留在背后。
愉快地回头一挥手！

假如生活重新开头
我的旅伴，我的朋友——
依然是一条风雨的长途，
依然不知疲倦地奔走。
让我们紧紧地拉住手！

假如生活重新开头
我的旅伴，我的朋友——
我们依旧要一齐举杯，
不管是甜酒还是苦酒。
忠实和信任最醇厚！

假如生活重新开头
我的旅伴，我的朋友——
还要唱那永远唱不完的歌，
在喉管没有被割断的时候。
该欢呼的欢呼，该诅咒的诅咒！
……
假如生活重新开头
我的旅伴，我的朋友——
他们不肯拯救自己的灵魂，
就留给上帝去拯救！

阳光下毕竟是白昼！
时间呀，时间不会倒流，
生活却能够重新开头。
莫说失去的很多很多，

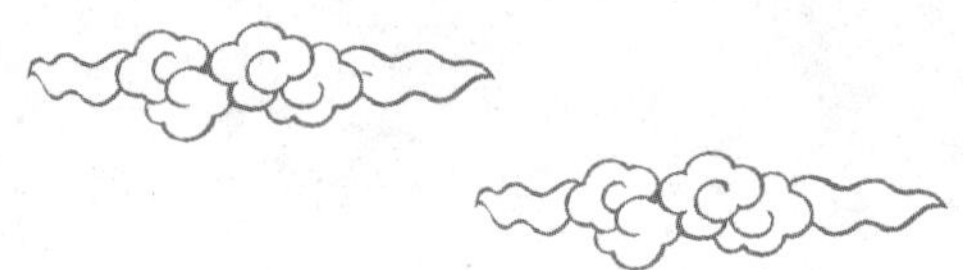

我的旅伴，我的朋友——
明天比昨天更长久！

邵燕祥，1933年生，北京人，当代诗人。著有诗集《在远方》《到远方去》。

90.重量

韩 瀚

她把带血的头颅，
放在生命的天平上，
让所有苟活者，
都失去了
——重量。

韩瀚，1935年生，山东省苍山县人，当代作家。著有诗集《寸草集》《写在祖国的江河和土地上》。

91.回忆

昌 耀

白色沙漠。
白色死光。

西域道
汉使张骞凿空
似坎坎伐檀。
晋高僧求法西行，困进在小雪山的暴寒，
悲抚同伴冻毙的躯体长呼——命也奈何！

大漠落日，不乏的仅有焦虑。
枕席是登陆的码头。
心源有火，肉体不燃自焚，
留下一颗不化的颅骨。

红尘落地，
大漠深处纵驰一匹白马。

昌耀（1936—2000），原名王昌耀，湖南省桃源县人，现代诗人。著有诗集《昌耀抒情诗集》《命运之书》。

92.一片芳草

昌　耀

我们商定不触痛往事，
只作寒暄。只赏芳草。
因此其余都是遗迹。
时光不再变作花粉。
飞蛾不必点燃烛泪。
无需阳光寻度。
尚有饿马摇铃。

属于即刻
唯是一片芳草无穷碧。
其余都是故道。
其余都是乡井。

93.第五十七个黎明

赵　恺

一位母亲加上一辆婴儿车，
组成一个前进的家庭。
前进在汽车的河流，
前进在高楼的森林，
前进在第五十六天产假之后的
第五十七个黎明。

五十七，
一个平凡的两位数字，
难道能计算出什么色彩和感情？
对医生，它可能是第五十七次手术，
对作家，它可能是第五十七部作品，
可能是第五十七块金牌，
可能是第五十七件发明。
可是，对于我们的诗歌，
它却是一片带泪的离情：
一位海员度完全年的假期，
第五十七天，
在风雪中起碇。

留下了什么呢？
给纺织女工留下一辆婴儿车和一车希望，
给孩子留下一个沉甸甸的姓名。
给北京留下的是对生活的思索，
年轻的母亲思索着向自己的工厂默默前行：

“锚锚”，多么独特的命名，
连孩子都带着海的音韵。
你把铁锚留在我身边，
可怎么停靠那艘国际远洋货轮？
难道船舶，
也是你永不停泊的爱情？
但愿爱情能把世界缩小，
缩小到就像眼前的情景：
走进建外大街，
穿过使馆群。
身边就是朝鲜，
接着又是日本，
再往前：智利、巴西、阿根廷……
但愿一条街就是一个世界，
但愿国际海员天天回家探亲，
但愿所有的婴儿车都拆掉车轮，
纵使再装上，
也只是为了在花丛草地间穿行。

可是，生活总是这样：
少了点温馨，
多了点严峻。
许多温暖的家庭计划，

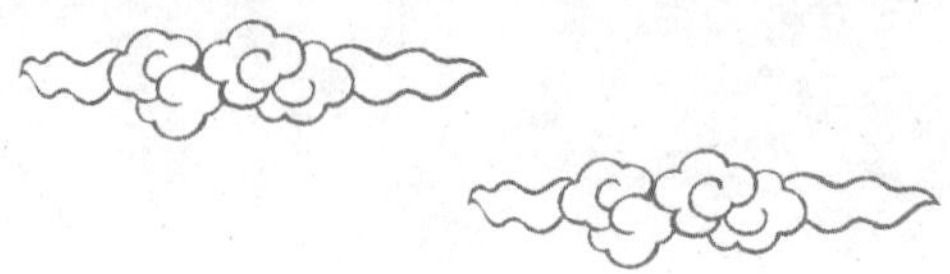

竟然得在风雪大道上制定：
别忘了路过东单副食商店，
买上三棵白菜、两瓶炼乳、一袋味精。
别忘了中午三十分钟吃饭，
得挤出十分跑趟邮电亭：
下个季度的《英语学习》，
还得趁早续订。
别忘了我们海员的叮咛：
物质使人温饱，
精神使人坚定……

这就是北京的女工：
在前进中盘算，
盘算着如何前进。
劳累吗？劳累；
艰辛吗？艰辛。
温饱而又艰辛，
劳累而又坚定：
这就是今日世界上，
一个中国工人的家庭。

不是吗？放下婴儿车，
就要推起纱锭。
一天三十里路程，
一年，就是一次环球旅行。
环球旅行，
但不是那么闪烁动听。
不是喷气客机，
不是卧铺水汀。

它是一次只要你目睹三分钟，
就会牢记一辈子的悲壮进军：
一双女工的脚板，
一车沉重的纱锭，
还得加上一册《英语学习》、
三棵白菜、两瓶炼乳、一袋味精。
青春在尘絮中跋涉，
信念在噪音中前行。
漫长的人生旅途上，
只有五十六天，
是属于女工的
一次庄严而痛苦的安宁。
今天，又来了：
从一张产床上走来两个生命。
茫茫风雪，
把母亲变成了雪人，
把婴儿车变成了雪岭。
一个思索的雪人，
一座安睡的雪岭。
雪人推着雪岭，
在暴风雪中奋力前行。

路口。路口。路口。
绿灯。绿灯。绿灯。
绿色本身就是生命。
生命和生命遥相呼应。
母亲穿过天安门广场，
长安街停下一条轿车的长龙：
一边是“红旗”“上海”“大桥”“北京”，

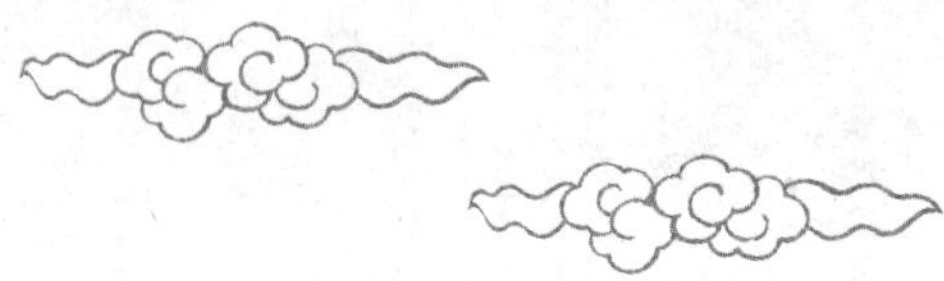

一边是“丰田”“福特”“奔驰”“三菱”……
在一支国际规模的“仪仗队”前，
我们的婴儿车庄严行进。
轮声辚辚，
威震天廷。

历史博物馆肃立致敬，
英雄纪念碑肃立致敬，
人民大会堂肃立致敬：
旋转的婴儿车轮，
就是中华民族的魂灵！

赵恺，1938年生，山东兖州人，当代诗人。著有诗集《我爱》《赵恺诗选》。

94.我是青年

杨　牧

人们还叫我青年……
哈……我是青年！

我年轻啊，我的上帝！
感谢你给了我一个不出钢的熔炉，
把我的青春密封、冶炼；
感谢你给了我一个冰箱，
把我的灵魂冷藏、保管；

感谢你给了我烧山的灰烬，
把我的胚芽埋在深涧；
感谢你给了我理不清的蚕丝，
让我在岁月的河边作茧。
所以我年轻——当我的诗句
出现在人们面前的时候，
竟像哈萨克牧民的羊皮口袋里
发酵的酸奶子一样新鲜！
……哈，我是青年！

我年轻啊，我的胡大！
就像我无数年轻的同伴——
青春曾在沙漠里丢失，
只有叮咚的驼铃为我催眠；
青春曾在烈日下曝晒，
只留下一个难以辨清滋味的杏干。
荒芜的秃额，也许正是早被弃置的土丘，
弧形的皱纹，也许是随手画出的抛物线。
所以我年轻——当我们回到
春天的时候，
你看看我，我看看你，
哈……我们都有了一代人的特点！

我以青年的身份
参加过无数青年的会议，
老实说，我不怀疑我青年的条件。
三十六岁，减去“十”，
正好……不，团龄才超过仅仅一年！
《呐喊》的作者

学生版

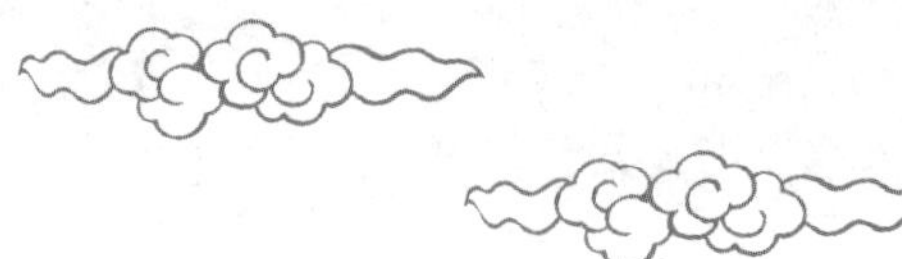

那时还比我们大呢，
比起长征途中那些终身不衰老的
年轻的战士，
我们还不过是“儿童团”！
……哈，我是青年！

嘲讽吗？那就嘲讽自己吧，
苦味儿的辛辣——带着咸。
祖国哟！
是您应该为您这样的儿女痛楚，
还是您的这样的儿女
应该为您感到辛酸？

我，常常望着天真的儿童，
素不相识，我也抚抚红润的小脸。
他们陌生地瞅着我，歪着头，
像一群小鸟打量着一个恐龙蛋。
他们走了，走远了，
也许正走向青春吧，
我却只有心灵的脚步微微发颤……
……不！我得去转告我的祖国：
世上最为珍贵的东西，
莫过于青春的自主权！

我爱，我想，但不嫉妒。
我哭，我笑，但不抱怨。
我羞，我愧，但不自弃。
我怒，我恨，但不悲叹。
既然这个特殊的时代

酿成了青年特殊的概念，
我就要对着蓝天说：我是——青年！

我是青年——
我的血管永远不会被泥沙堵塞；
我是青年——
我的瞳仁永远不会拉上雾幔。

我的秃额，正是一片初春的原野，
我的皱纹，正是一条大江的开端。
我不是醉汉，我不愿在白日说梦；
我不是老妇，絮絮叨叨地叹息华年；
我不是猢狲，我不会再被敲锣者戏耍；
我不是海龟，昏昏沉睡而益寿延年。
我是鹰——云中有志！
我是马——背上有鞍！
我是骨——骨中有钙！
我是汗——汗中有盐！
祖国啊！
既然您因残缺太多
把我们划入了青年的梯队，
我们就有青年和中年——双重的肩！

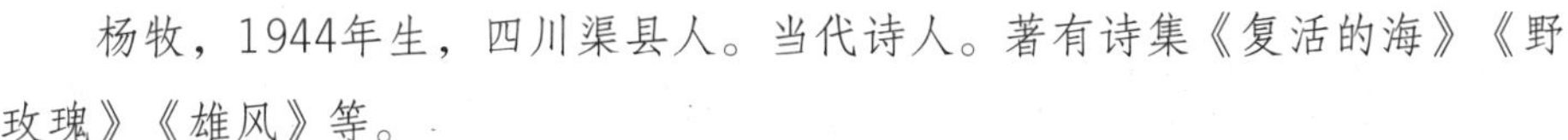

杨牧，1944年生，四川渠县人。当代诗人。著有诗集《复活的海》《野玫瑰》《雄风》等。

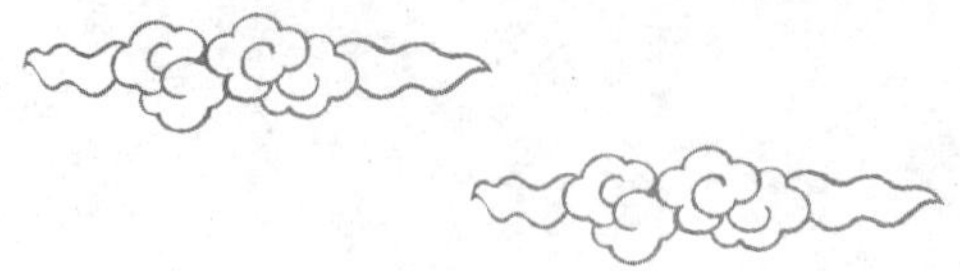

95.小草在歌唱

——悼女共产党员张志新烈士

雷抒雁

一

风说：忘记她吧！
我已用尘土，
把罪恶埋葬！
雨说：忘记她吧！
我已用泪水，
把耻辱洗光！

是的，多少年了，
谁还记得
这里曾是刑场？
行人的脚步，来来往往，
谁还想起，
他们的脚踩在
一个女儿、
一个母亲、
一个为光明献身的战士的心上？

只有小草不会忘记。
因为那殷红的血，
已经渗进土壤；
因为那殷红的血，
已经在花朵里放出清香！

只有小草在歌唱。
在没有星光的夜里，
唱得那样凄凉；
在烈日暴晒的正午，
唱得那样悲壮！
像要砸碎礁石的潮水，
像要冲决堤岸的大江……

二

正是需要光明的暗夜，
阴风却吹灭了星光；
正是需要呐喊的荒野，
真理的嘴却被封上！
黎明，一声枪响，
在祖国遥远的东方，
溅起一片血红的霞光！
呵，年老的妈妈，
四十多年的心血，
就这样被残暴地泼在地上；
呵，幼小的孩子，
这样小小年纪，
心灵上就刻下了
终生难以愈合的创伤！

我恨我自己，
竟睡得那样死，
像喝过魔鬼的迷魂汤，

让辚辚囚车，
碾过我僵死的心脏！
我是军人，
却不能挺身而出，
像黄继光，
用胸脯筑起一道铜墙！
而让这颗罪恶的子弹，
射穿祖国的希望，
打进人民的胸膛！
我惭愧我自己，
我是共产党员，
却不如小草，
让她的血流进脉管，
日里夜里，不停歌唱……

三

虽然不是
面对勾子军的大胡子连长，
她却像刘胡兰一样坚强；
虽然不是
在渣滓洞的魔窟，
她却像江竹筠一样悲壮！
这是二十世纪，七十年代，
社会主义中国特殊的土壤里，
成长起的英雄
——丹娘！

她是夜明珠，

暗夜里，

放射出灿烂的光芒；

死，消灭不了她，

她是太阳，

离开了地平线，

却闪耀在天上！

我们有八亿人民，

我们有三千万党员，

七尺汉子，

伟岸得像松林一样，

可是，当风暴袭来的时候，

却是她，冲在前边，

挺起柔嫩的肩膀，

肩起民族大厦的栋梁！

我曾满足于——

月初，把党费准时交到小组长的手上；

我曾满足于——

党日，在小组会上滔滔不绝地汇报思想！

我曾苦恼，

我曾惆怅，

专制下，吓破过胆子，

风暴里，迷失过方向！

如丝如缕的小草哟，

你在骄傲地歌唱，

感谢你用鞭子

抽在我的心上，

让我清醒!
让我清醒!
昏睡的生活,
比死更可悲,
愚昧的日子,
比猪更肮脏!

四

就这样——
黎明,一声枪响,
她倒下去了,
倒在生她养她的祖国大地上。

她的琴呢?
那把她奏出过欢乐,
奏出过爱情的琴呢?
莫非就此成了绝响?
她的笔呢?
那支写过檄文,
写过诗歌的笔呢?
战士,不能没有刀枪!

我敢说:她不想死!
她有母亲:风烛残年,
受不了这多悲伤!
她有孩子:花蕾刚绽,
怎能落上寒霜!
她是战士,

敌人如此猖狂，
怎能把眼合上！
我敢说：她没有想到会死。
不是有宪法么，
民主，有明文规定的保障；
不是有党章么，
共产党员应多想一想。
就像小溪流出山涧，
就像种子钻出地面，
发现真理，坚持真理，
本来就该这样！

可是，她却被枪杀了，
倒在生她养她的母亲身旁……
法律呵，
怎么变得这样苍白，
苍白得像废纸一方；
正义呵，
怎么变得这样软弱，
软弱得无处伸张！
只有小草变得坚强，
托着她的身躯，
托着她的枪伤，
把白的、红的花朵，
插在她的胸前，
日里夜里，风中雨中，
为她歌唱……

五

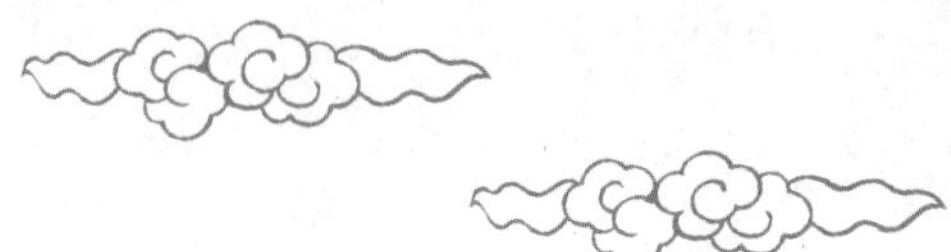

这些人面豺狼，
愚蠢而又疯狂！
他们以为镇压，
就会使宝座稳当；
他们以为屠杀，
就能扑灭反抗！
岂不知烈士的血是火种，
播出去，
能够燃起四野火光！

我敢说：
如果正义得不到伸张，
红日，
就不会再升起在东方！
我敢说，
如果罪行得不到清算，
地球，
也会失去分量！

残暴，注定了灭亡，
注定了“四人帮”的下场！

你看，从草地上走过来的是谁？
油黑的短发，
披着霞光；
大大的眼睛，
像星星一样明亮；
甜甜的笑，
谁看见都会永生印在心上！

母亲呵，你的女儿回来了，
她是水，钢刀砍不伤；
孩子呵，你的妈妈回来了，
她是光，黑暗难遮挡！
死亡，不属于她，
千秋万代，
人们都会把她当作榜样！
去拥抱她吧，
她是大地的女儿，
太阳，
给了她光芒；
山岗，
给了她坚强；
花草，
给了她芳香！
跟她在一起，
就会看到希望和力量……

雷抒雁（1942—2013），陕西泾阳人，当代诗人。著有诗集《小草在歌唱》《云雀》《父母之河》《跨世纪的桥》。

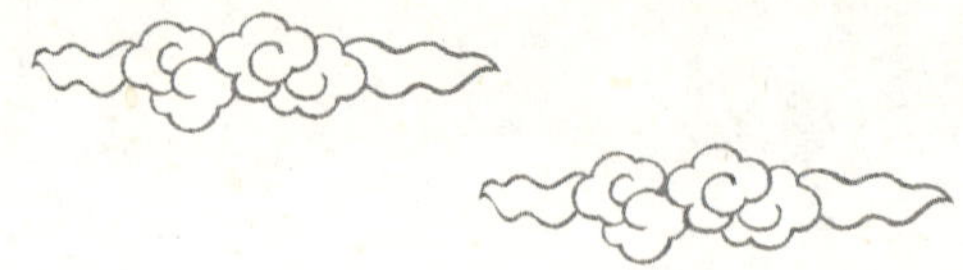

96.一棵开花的树

席慕蓉

如何让你遇见我
在我最美丽的时刻

为这
我已在佛前求了五百年
求佛让我们结一段尘缘

佛于是把我化作一棵树
长在你必经的路旁
阳光下慎重地开满了花
朵朵都是我前世的盼望

当你走近
请你细听
颤抖的叶是我等待的热情

而当你终于无视地走过
在你身后落了一地的
朋友啊那不是花瓣
是我凋零的心

席慕蓉，1943年生，内蒙察哈尔盟明安旗人，当代散文家、诗人。代表作有诗集《七里香》《时光九篇》，散文集《我的家在高原上》。

97.日子是什么

梅绍静

日子是散落着泥土的小蒜和野葱儿
是一根蘸着水搓好的麻绳

日子是四千个沉寂的黑夜
是驴驮上木桶中撞击的水声

日子是雨天吱吱响着的杨木门轴
忽明忽暗地转动我疲惫的梦境

日子是一个含在嘴里止渴的青杏儿
是山塬上烈日下背麦人的剪影

日子是那密密的像把伞似的树荫
正从我酸痛的胳膊上爬向地垄

日子是储存着清甜思绪的水罐儿
正倒出汗水和泪水来哽塞我的喉咙

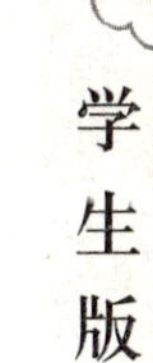

梅绍静，1948年生，四川广安人，当代诗人。著有诗集《兰岭子》《莫望落叶风天》。

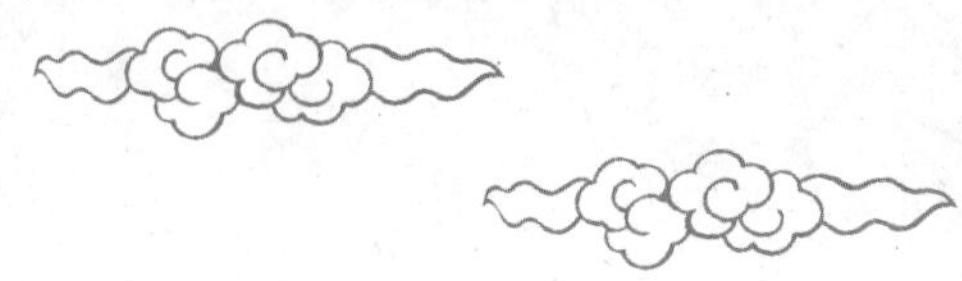

98.写给遇难的“海的女儿”

纪　宇

报载：丹麦哥本哈根海岸著名的“海的女儿”铜像被毁头断手，惨遭破坏……

莫非漆黑的夜里，
你回到漆黑般的海底，
偏遇见白牙齿的鲨鱼？
鲨鱼也不会咬你呀，
你是那样善良，
为了成全别人，
宁愿牺牲自己；
你是那样温柔，
静似一丛珊瑚，
轻如一道涟漪。

呵，海的女儿，
安徒生笔下的小人鱼！
你已经变成人，
青铜的胸腔里，
跳动着爱的心律；
你仍然还是鱼，
带鳞的尾鳞上，
流着蜕变的血滴。

默默不语是你的言语，
脉脉含情有无限魅力，

你在无言地诉说，
变人是何等的不易：
要失去歌喉，
赤脚踏平荆棘；
要脱胎换骨，
闯过几重炼狱！
你忍受痛苦和煎熬，
终于走出水域，
走上辉煌的大地。
人呵，人世的生活，
人的情意，
你用心灵欢唱，
人间看太阳也格外美丽！
可如今你死了，
微笑着，憧憬着。
却死在你苦苦追求的人间，
死在你崇拜的人的手里。

隔山海千重，
风烟无际，
我的心为你哭泣。
恨不能写一首挽诗，
去哥本哈根祭你，
祭你被亵渎的痴情，
祭你被肢解的真挚。
被打碎的微笑，
凄禁的微笑呵，
仍是那样甜蜜……
呵，小人鱼，
不谙世故的小人鱼，

没有靠山的小人鱼，
人心的险恶，
我该怎么告诉你？
你不明白，为什么，
有人蜕变成兽，
牙齿那样锋利；
有人心不如鲨，
吞噬如此贪欲！
小人鱼，你会复活，
人间毕竟有正义，
人间毕竟有真理；
可一定要牢记：
人一旦变成兽，
比狼更凶残，
比鲨更暴戾。
而人的蜕化，
竟是那样容易！
我郑重建议：
要用铸造警钟的铜，
重现你的躯体，
每一个细胞，
都要凝聚
两
个
大
字
——警惕！

纪宇，1948年生，原名苏积玉，山东荣成人，当代诗人。著有诗集《金色的航线》《船台涛声》。

99.风流歌之一

纪 宇

一、什么是风流

风流哟，风流，什么是风流？
我心中的情思像三春的绿柳；

风流哟，风流，谁不爱风流？
我思索的果实像仲秋的石榴。

我是一个人，有血，有肉，
我有一颗心，会喜，会愁；

我要人的尊严，要心的颖秀，
不愿像丑类一般鼠窃狗偷！

我爱松的高洁，爱兰的清幽，
决不学苍蝇一样追腥逐臭；

我希望生活过得轰轰烈烈，
我期待事业终能有所成就。

我年轻，旺盛的精力像风在吼，
我热情，澎湃的生命似水在流。

学生版

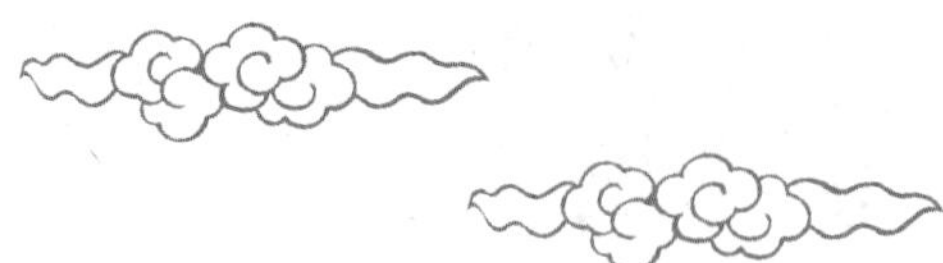

风流呵，该怎样把你理解？
风流呵，我发誓把你追求；

清晨——我询问朝阳，
夜晚——我凝视北斗……

遐想时，我变成一只彩蝶：
“呵，风流莫非指在春光里嬉游？”

朦胧中，我化为一只蜜蜂：
“呵，风流好似是在花丛中奔走。”

我飘忽的思潮汇成大海，
大海说：“风流是浪上一只白鸥。”

我幻想的羽翼飞向明月，
明月说：“风流是花下一壶美酒。”

于是，我做了一个有趣的梦，
梦见人生中的许多朋友——
他们都来回答我的问题，
争辩着，在八十年代谁最风流。

理想说：“风流和成功并肩携手。”
青春说：“风流和品貌不离左右。”

友谊说：“风流是合欢花蕊的柱头。”
爱情说：“风流是并蒂莲下的嫩藕。”

道德说：“风流是我心田的庄稼。”
时代说：“风流是我脑海的金秋。”
……

风流哟，风流，请你回答：
这样的理解是不是浅陋？

风流哟，风流，请你开口：
你有没有不变的标准让我恪守？

二、风流的自述

我就是风流，我就是风流，
我是僵化的敌人，春天的密友。

我像一朵鲜花，开在枝头，
我像一个姑娘，目光含羞；

我像一只牡鹿，跳涧越沟，
我像一头雄狮，尾摇鬃抖。

有时，我是无形的，像清风徐徐，
有时，我是有形的，似碧水悠悠；

有时，我化作新娘秀发上一段红绸，
有时，我变成战士躯体上一副甲胄；

有时，我是明眸里的一丝火花，
有时，我是笑靥上的一涡蜜酒；

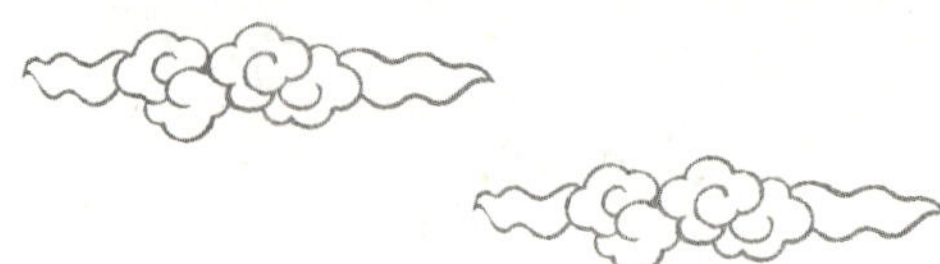

有时，我是铁马冰河风飕飕，
有时，我是气吞万里雄赳赳；

更多的时候我不是饰物和形体，
我是内心里对美的热烈追求！

人类多长寿，我就多长寿，
我比甲骨文的历史更加悠久。

我曾和屈原一起质问苍天，
我曾与张衡共同观测地球；

张骞通西域，我在鞍前，
鉴真东渡海，我在船后。

我曾陪花木兰替父从军，
我曾跟佘太君挂帅御寇；

多少回呵，我随英雄报深仇，
一声吼："不扫奸贼誓不休！"

多少次呵，我伴志士同登楼，
高声唱："先天下之忧而忧……"

血沃的中原呵，古老的神州，
有多少风流人物千古不朽！

花开于春哟，叶落于秋，
历史不死呵，又拔新秀——

君不见：江山代有才人出，
现代人比祖先更加风流！

什么三点秋香，什么拼生觅偶，
这样的风流韵事，已显陈旧；

什么题诗红叶，什么葬花土丘，
这样的爱情传奇，早就听够。

八十年代呵，要有新的歌喉，
要唱新的风流歌谁来开头？

从迎春花的小嘴巴，到火车头的喇叭口，
风流进行曲在昂天鸣奏！

三、我和风流

一场动乱，我们喝下自己酿的苦酒，
风流也被看成是毒蛇猛兽。

我心灵的土地，堆满石头，
我感情的河床，渴得难受。

整整十年，在沙漠上跋涉，
我渴望一块有水有草的绿洲。

面对现代科学，我神情茫然，
像一个刚走出森林的猿猴。

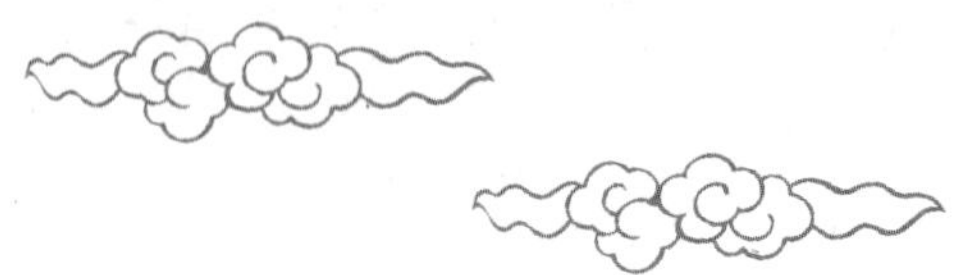

人生之路呵，可惜不能重走，
青春逝去呵，只有伤痕遗留。

我曾经消沉，我曾经执拗，
自以为把人间的一切都“看透”。

我一度沉湎于虚荣的引诱，
错把赶时髦当作风流——

借一架录音机替我遣忧，
靠一把六弦琴把灵魂拯救。

西服加领带，裤子喇叭口，
哪管贴身的破衬衣有领无袖；

皮鞋能照影，头发抹足油，
谁知我脚上的袜子露着趾头。

跳舞呀，我尽情地跳，
不惜在打蜡地板上眩晕了头；

溜冰呀，我随意地溜，
但愿在轻松愉快时忘记忧愁！

可这样的日子呀，也不能长久，
昨天的时髦呀，今天已落后；

那扫地面的喇叭裤已不新鲜，
那催人睡的流行曲我已听够。

风流呵，你不常在街头巷尾嬉笑，
也并非老是在舞会里逗留；

舞曲是生活之歌的一个间奏，
没有完整乐曲，间奏何用之有？

娱乐是生活之书的一页插图，
没有鸿篇巨制，插图何以附就？

红尘呀，谁能看破？
看破不过是悲观自弃的一个借口；

未来呀，谁能猜透？
猜透不过是妄自尊大的一个理由。

真正的风流究竟是什么呀，
我有在沉思中皱起眉头……

四、真正的风流

这才叫风流，这才叫风流，
敢于和残酷的命运殊死搏斗！

这才叫风流，这才叫风流，
在历史的长河上驾时代飞舟！

在枪口下揭穿造神者的阴谋，
把一腔滚烫的血洒在荒丘；

在棍棒下祭奠好总理的英灵，
让无数洁白的花开在胸口！

把祖国请到世界体坛的领奖台上，
让她听一听国歌的鸣奏；

把红旗插在珠穆朗玛的最高峰，
让她摸一摸蓝天的额头！

在地雷密布的山口请战：“让我先走！”
在完成任务撤退时高喊：“我来断后！”

性能还不稳的新歼击机，我去试飞，
烟云尚未散的核试验场，我去研究。

像雷锋那样热爱平凡的工作岗位，
不管到哪里，都是一台车头；

像焦裕禄那样关心灾民的柴米油盐，
纵然是死了，也要浩气长留！

数风流人物，还看今朝，
今朝，就是实现理想的战斗——

炉前激战，酿一炉红酒，
遥举金杯，为祖国祝寿；

海上疾驰，抖一条白绸，
浪献哈达，赠四海五洲。

在西德考博士学位，对答如流，
一片绿叶舒展，预示金秋；

去美国作旅行讲学，切磋研究，
一枝红杏出墙，满园抖擞……

竞芳争艳呵，是花的风流，
傲雪凌霜呵，是松的风流；

北斗的风流是指示方向，
卫星的风流是环绕地球。

我们是人，钟天地之灵秀，
我们的风流似天长地久！

我们干的是各行各业，
我们对风流却有共同的追求：

“一口清”，是查号话务员的风流，
“一刀准”，是肉店售货员的风流；

“神刀手”，是女修脚工的风流，
“描春人”，是清洁队员的风流……

我们要让服装和心灵同样美丽，
我们应使物质和精神同样富有！

从劳动中提取快乐作为报酬，
从奋斗中夺来胜利当成享受。

呵，每一条无法解释的现象，
都可能是一门新兴学科的入口；

每一项成绩都靠汗水浇就，
每一个问号都可能“曲径通幽”！

劳动、创造、进步——无止无休！
爱真、爱善、爱美——不折不扣！

这是真风流哟，这是真风流，
把时代的彩笔紧握在手；

绘四化之图，建幸福之楼，
在九百六十万平方公里的土地上铺锦叠秀！

让人民说：他们受过挫折，摔过跟头，
可他们把时代的使命担上了肩头；

让历史说：他们善于思索，敢于战斗，
不愧是中华民族的一代风流……

100.这是四点零八分的北京

食 指

这是四点零八分的北京，
一片手的海洋翻动；

这是四点零八分的北京，
一声尖厉的汽笛长鸣。

北京车站高大的建筑，
突然一阵剧烈地抖动。
我吃惊地望着窗外，
不知发生了什么事情。

我的心骤然一阵疼痛，
一定是妈妈缀扣子的针线穿透了我的心胸。
这时，我的心变成了一只风筝，
风筝的线绳就在妈妈的手中。

线绳绷得太紧了，就要扯断了，
我不得不把头探出车厢的窗棂。
直到这时，直到这时候，
我才明白发生了什么事情。

——一阵阵告别的声浪，
就要卷走车站；
北京在我的脚下，
已经缓缓地移动。

我再次向北京挥动手臂，
想一把抓住她的衣领，
然后对她大声地叫喊：
永远记着我，妈妈啊，北京！

终于抓住了什么东西，

管他是谁的手，不能松，
因为这是我的北京，
是我的最后的北京。

食指，1948 年生，原名郭路生，山东鱼台人，当代诗人。代表作有诗集《相信未来》《诗探索金库·食指卷》。

101.相信未来

食　指

当蜘蛛网无情地查封了我的炉台，
当灰烬的余烟叹息着贫困的悲哀，
我依然固执地铺平失望的灰烬，
用美丽的雪花写下：相信未来。

当我的紫葡萄化为深秋的露水，
当我的鲜花依偎在别人的情怀，
我依然固执地用凝霜的枯藤，
在凄凉的大地上写下：相信未来。

我要用手指那涌向天边的排浪，
我要用手掌那托住太阳的大海，
摇曳着曙光那支温暖漂亮的笔杆，
用孩子的笔体写下：相信未来。

我之所以坚定地相信未来，
是我相信未来人们的眼睛——
她有拨开历史风尘的睫毛，
她有看透岁月篇章的瞳孔。

不管人们对于我们腐烂的皮肉，
那些迷途的惆怅，失败的苦痛，
是寄予感动的热泪，深切的同情，
还是给以轻蔑的微笑，辛辣的嘲讽。

我坚信人们对于我们的脊骨，
那无数次的探索、迷途、失败和成功，
一定会给予热情、客观、公正的评定，
是的，我焦急地等待着他们的评定。

朋友，坚定地相信未来吧，
相信不屈不挠的努力，
相信战胜死亡的年轻，
相信未来，热爱生命。

102.疯狗

——致奢谈人权的人们

食　指

受够无情的戏弄之后，
我不再把自己当人看，

仿佛我成了一条疯狗，
漫无目的地游荡人间。

我还不是一条疯狗，
不必为饥寒去冒风险，
为此我希望成条疯狗，
更深刻地体验生存的艰难。

我还不如一条疯狗！
狗急它能跳出墙院，
而我只能默默地忍受，
我比疯狗有更多的辛酸。

假如我真的成条疯狗
就能挣脱这无形的锁链，
那么我将毫不迟疑地
放弃所谓神圣的人权。

103.热爱生命

食　指

也许我瘦弱的身躯像攀附的葛藤，
把握不住自己命运的前程，
那请在凄风苦雨中听我的声音，
仍在反复地低语：热爱生命。

也许经过人生激烈的搏斗后，
我死得比那湖水还要平静。
那请去墓地寻找我的碑文，
上面仍刻着：热爱生命。

我下决心：用痛苦来做砝码，
我有信心：以人生去做天平，
我要称出一个人生命的价值，
要后代以我为榜样：热爱生命。

的确，我十分珍爱属于我的
那条弯弯曲曲的荒草野径，
正是通过这条曲折的小路，
我才认识到如此艰辛的人生。

我流浪儿般地赤着双脚走来，
深感到途程上顽石棱角的坚硬，
再加上那一丛丛拦路的荆棘，
使我每一步都留下一道血痕。

我乞丐似的光着脊背走去，
深知道冬天风雪中的饥饿寒冷，
和夏天毒日头烈火一般的灼热，
这使我百倍地珍惜每一丝温情。

但我有着向旧势力挑战的个性，
虽是历经挫败，我绝不轻从。
我能顽强地活着，活到现在，
就在于：相信未来，热爱生命。

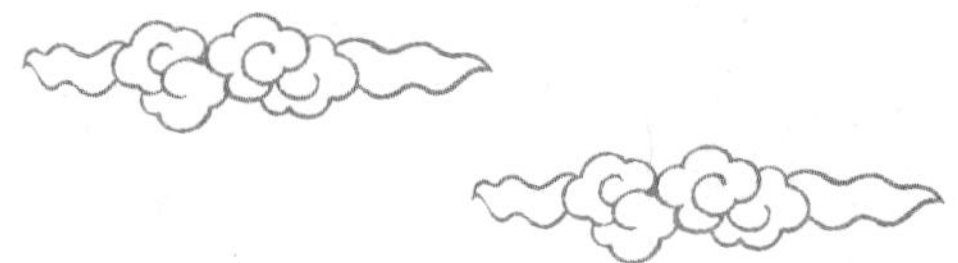

104.命运

食　指

好的声望是永远找不开的钞票，
坏的名声是永远挣不脱的枷锁；
如果事实真是这样的话，
我愿在单调的海洋上终生摸索漂泊。

哪儿找得到结实的舢板？
我只有在街头四处流落，
只希望敲到朋友的门前，
能得到一点菲薄的施舍。

我的一生是辗转飘零的枯叶，
我的未来是抽不出锋芒的青稞；
如果命运真是这样的话，
我愿为野生的荆棘高歌。

哪怕荆棘刺破我的心，
火一样的血浆火一样地燃烧着，
挣扎着爬进喧闹的江河，
人死了，精神永不沉默！

105.城市风景

也 斯

城市总有霓虹的灯色
那里有隐秘的讯息
只可惜你戴起了口罩
听不清楚是不是你在说话

来自不同地方的水果
各有各叙说自己的故事
橱窗有最新的构图
革命孩子和新款鞋子押上韵

我在你的食肆里
碰上多年未见的朋友
在渍物和泡饭之间
一杯茶喝了一生的时间

还有多余的银币吗？
商场里可以买回许多神祇
她缅怀前生的胭红
他喜欢市廛的灰绿

给我唱一支歌吧
在深夜街头的转角
我们与昨天碰个满怀
却怎么也想不起今天

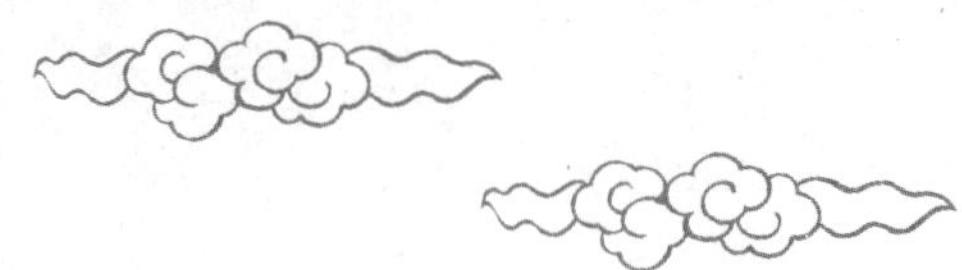

也斯（1948—2013），本名梁秉钧，广东新会人，香港诗人、作家。诗集有《雷声与蝉鸣》《游离的诗》《东西》《普罗旺斯的汉诗》等。

106.回答

北　岛

卑鄙是卑鄙者的通行证，
高尚是高尚者的墓志铭。
看吧，在那镀金的天空中，
飘满了死者弯曲的倒影。

冰川纪过去了，
为什么到处都是冰凌？
好望角发现了，
为什么死海里千帆相竞？

我来到这个世界上，
只带着纸、绳索和身影，
为了在审判之前，
宣读那些被判决的声音。

告诉你吧，世界
我——不——相——信！
纵使你脚下有一千名挑战者，
那就把我算作第一千零一名。

我不相信天是蓝的，
我不相信雷的回声，
我不相信梦是假的，
我不相信死无报应。

如果海洋注定要决堤，
就让所有的苦水都注入我心中，
如果陆地注定要上升，
就让人类重新选择生存的峰顶。

新的转机和闪闪星斗，
正在缀满没有遮拦的天空。
那是五千年的象形文字，
那是未来人们凝视的眼睛。

北岛，1949年生，原名赵振开，北京人，当代诗人。代表作有《陌生的海滩》《北岛诗选》《零度以上的风景》。

107.一束

北　岛

在我和世界之间
你是海湾，是帆
是缆绳忠实的两端
你是喷泉，是风
是童年清脆的呼喊

在我和世界之间
你是画框，是窗口
是开满野花的田园
你是呼吸，是床头
是陪伴星星的夜晚

在我和世界之间
你是日历，是罗盘
是暗中滑行的光线
你是履历，是书签
是写在最后的序言

在我和世界之间
你是纱幕，是雾
是映入梦中的灯盏
你是口笛，是无言之歌
是石雕低垂的眼帘

在我和世界之间
你是鸿沟，是池沼
是正在下陷的深渊
你是栅栏，是墙垣
是盾牌上永久的图案

108.宣告

——给遇罗克烈士

北　岛

也许最后的时刻到了
我没有留下遗嘱
只留下笔，给我的母亲
我并不是英雄
在没有英雄的年代里
我只想做一个人

宁静的地平线
分开了生者和死者的行列
我只能选择天空
决不跪在地上
以显出刽子手们的高大
好阻挡自由的风

从星星的弹孔里
将流出血红的黎明

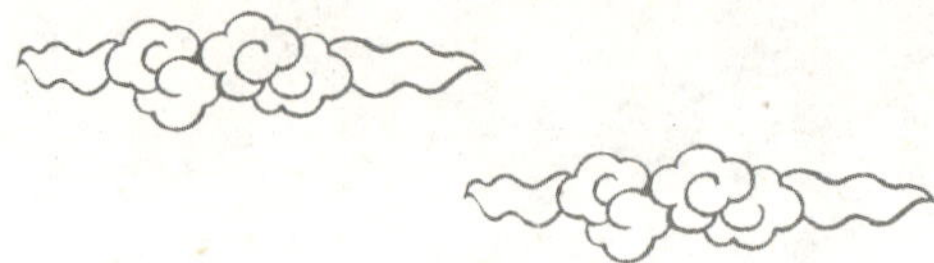

109.无题

北　岛

把手伸给我
让我那肩头挡住的世界
不再打扰你

假如爱不是遗忘的话
苦难也不是记忆
记住我的话吧
一切都不会过去

即使只有最后一棵白杨树
像没有铭刻的墓碑
在路的尽头耸立

落叶也会说话
在翻滚中褪色、变白
慢慢地冻结起来
托起我们深深的足迹

当然，谁也不知道明天
明天从另一个早晨开始
那时我们将沉沉睡去

110.履历

北　岛

我曾正步走过广场
剃光脑袋
为了更好地寻找太阳
却在疯狂的季节里
转了向，隔着栅栏
会见那些表情冷漠的山羊
直到从盐碱地似的
白纸上看见理想
我弓起了脊背
自以为找到了表达真理的
唯一方式，如同
烘烤着的鱼梦见海洋
万岁！我只他妈喊了一声
胡子就长出来了
纠缠着，像无数个世纪
我不得不和历史作战
并用刀子与偶像们
结成亲眷，倒不是为了应付
那从蝇眼中分裂的世界
在争吵不休的书堆里
我们安然平分了
倒卖每一颗星星的小钱
一夜之间，我赌输了
腰带，又赤条条地回到世上

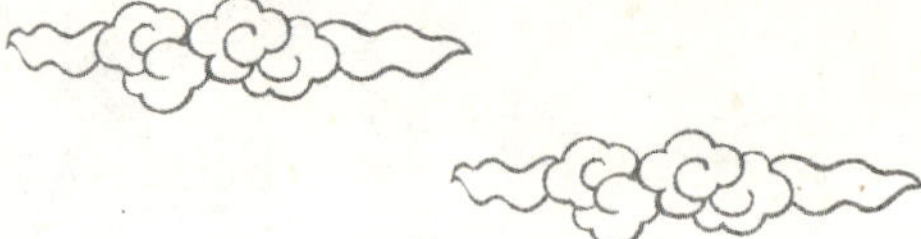

点着无声的烟卷
是给这午夜致命的一枪
当天地翻转过来
我被倒挂在
一棵墩布似的老树上
眺望

111. 红帆船

北 岛

到处都是残垣断壁
路，怎么从脚下延伸
滑进瞳孔的一盏盏路灯
滚出来，并不是星星
我不想安慰你
在颤抖的枫叶上
写满关于春天的谎言
来自热带的太阳鸟
并没有落在我们的树上
而背后的森林之火
不过是尘土飞扬的黄昏

如果大地早已冰封
就让我们面对着暖流
走向海
如果礁石是我们未来的形象

就让我们面对着海
走向落日
不，渴望燃烧
就是渴望化为灰烬
而我们只求静静地航行
你有飘散的长发
我有手臂，笔直地举起

112.阳光中的向日葵

芒　克

你看到了吗
你看到阳光中的那棵向日葵了吗
你看它，它没有低下头
而是把头转向身后
它把头转了过去
就好像是为了一口咬断
那套在它脖子上的
那牵在太阳手中的绳索

你看到它了吗
你看到那棵昂着头
怒视着太阳的向日葵了吗
它的头几乎已把太阳遮住
它的头即使是在没有太阳的时候
也依然在闪耀着光芒

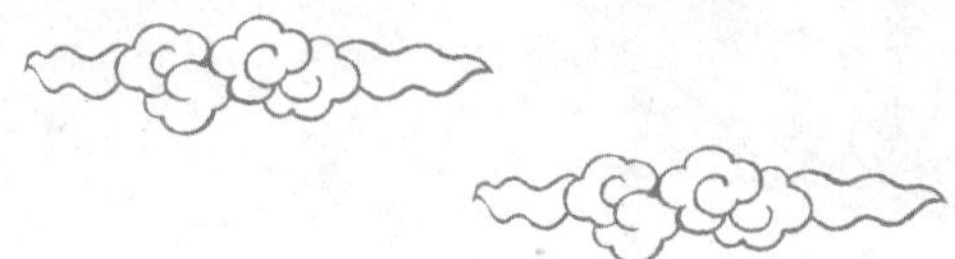

你看到那棵向日葵了吗
你应该走近它
你走近它便会发现
它脚下的那片泥土
每抓起一把
都一定会攥出血来

芒克，1950年生，原名姜世伟，沈阳人，当代诗人。著有诗集《阳光中的向日葵》《芒克诗选》。

113.不满

骆耕野

“从任何一项成功，
都产生出某种东西，
使更伟大的斗争成为必要。”
——惠特曼《大路之歌》

像鲜花憧憬着甘美的果实，
像煤核怀抱着燃烧的意愿；
我心中孕育着一个“可怕”的思想，
对现状我要大声地喊叫出：
“我不满！”

谁说不满就是异端？
谁说不满就是背叛？

是涌浪，怎能容忍山涧的狭窄，
是雏鹰，岂肯安于卵壁的黑暗。

不满激扬着对海洋的神往哟！
不满苏生着对蓝天的渴念！

生命的创造多么痛楚而伟大哟，
请赐给母亲以满足的甘甜：
“不！还是祝福孩子尽快成长吧。”
婴儿问世已叩响了母亲不满的心弦。

呵，谁能说不满就是不爱？
呵，谁敢说不满就是抱怨？

哥伦布不满铅印的海图，
才发现了大洋的彼岸；
哥白尼不满神圣的《圣经》，
才揭开了宇宙的奇观；
开普勒不满“日心说”才去发展真理，
亚里士多德不满柏拉图才能“青出于蓝”。

呵，谁说不满是背弃出类拔萃的先人？
呵，谁说不满是亵渎德高望重的圣贤？

不满：茹毛饮血的人猿才去寻觅火种，
不满：胼手胝足的祖先才去摸索种田；
不满：雄丽的赵州桥才取代了简陋的木桥，
不满：“精巧”的石斧才让位于青铜的冶炼；
不满：才产生了妙手回春的华佗，
不满：才造就了巧夺天工的鲁班。

呵，不满正是对变革的希冀，
呵，不满乃是那创造的发端。

我是电流，我不满江河的浪费，
你白白流逝的，乃是我生存的乳泉；
我是高炉，我不满地球的吝啬，
你深深藏匿的，正是我生命的火焰；
我是庄稼，我害怕自然保姆的任性，
变幻莫测的风雨使我忐忑不安；
我是市场，我向往琳琅满目的富有，
陈列单调的橱窗叫我满面羞惭；
我是年迈的城镇，我的服饰多么古旧，
请为我披上高速公路的飘带，
请为我戴上摩天大厦的皇冠；
我是拘谨的生活，陈腐的习俗多么恼人，
请不要过多地责难服装和跳舞，
请不要过多地干涉青年的爱恋；
我是低产的田地，我不满蹒跚的耕牛哟；
我是发紫的肩头，我不满拉船的绳纤；
我不满步枪，不满水车，不满帆船，
我不满泥泞，不满噪音，不满污染。

不满像舰队告别港湾的头一阵笛鸣哟，
不满像雄鸡向往黎明的第一声啼唤。

我是规划，锁在保险柜里多么窒闷，
我要走下蓝图，我要和新兴的工地团圆；
我是革新，躺在功劳薄上多么可耻，
我要摸索新路，我要攀登纪录的峰巅；
我是政策，我不满踌躇的“伯乐”，

为什么不立刻启用朝野的遗贤？！
我是创造，我不满夜郎自大！
快为我打开与世隔绝的门闩；
我抗议马拉松会议，以时间的名义，
你随意糟践的，乃是我生命的内涵；
我控诉宗教式的软禁，以真理的呼喊，
我是花，我要生长，要献蜜，
我要求助于实践园丁殷勤的刀剪。

呵，不满像胎儿在母腹里的阵阵噪动哟，
不满像母性的痛楚而伟大的分娩！

我不满官僚主义，
轻浮地荡尽了先烈的遗产；
我不满文化水平，
至今还托不起“四化”的航船；
我不满软弱的法制，
英雄碑前有民主的泪浸血染；
我不满大话和空想，
睡在海市蜃楼上描绘缥缈的明天；
我不满抱怨和牢骚，
躲在时代的堤岸上指责涌进的波澜……

学生版

呵，不满就是一个绝妙的议事日程，
不满就是一部崭新的行动提案；
不满已催生出伟大的战略转移哟！
不满已催挂起新长征的战斗风帆！

噢，河床在不满中伸直了脊梁，
石油在不满中涌出了海面；

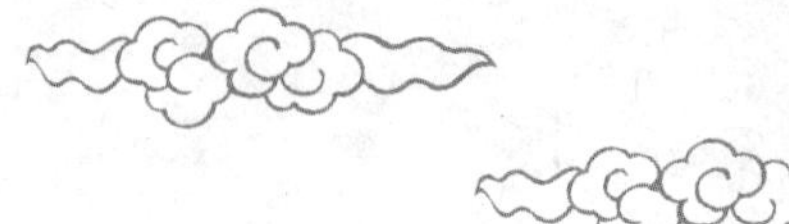

科学在不满中冲破了禁区，
指标在不满中跨上了火箭；
思想在不满中睁开了慧眼，
真理在不满中延伸了路线；
贫穷在不满中紧追着富强哟，
现状在不满中疾速地登攀！

啊，不满像两个矛盾间过渡的桥梁哟，
不满像一粒细胞中产生的裂变；
不满便有所发明，有所创造，有所前进哟，
不满将通向繁荣，通向幸福，通向完善！

像鲜花憧憬着甘美的果实，
像煤核怀抱着燃烧的意愿；
我心中溢满了深挚的爱哟，
对现状我要大声地叫喊出：
“我不满！”

骆耕野，1951 年生，重庆人，当代诗人。著有诗集《不满》《再生》。

114.红纱巾

——写在第二十九个生日时

李小雨

我要戴那条
红色的纱巾……

那轻柔的、冰冷的纱巾，
滑过我苍白的脸庞，
仿佛两道溪水，
清凉凉地浸透了我发烫的双颊、
第一根白发和初添的皱纹。
（真的吗，苍老就是这样降临？）
呵，这些年，
风沙太多了，
吹干了眼角的泪痕，
吹裂了心……

红纱巾。
我看见夜风中
两道溪水上燃烧的火苗，
那么猛烈地烧灼着
我那双被平庸的生活
麻木了的眼神。
一道红色的闪电划过，
是青春的血液的颜色吗？
是跳跃的脉搏的颜色吗？
那，曾是我的颜色呵。

我惊醒。
那半夜敲门声打破的噩梦，
那散落一地的初中课本，
那闷热中午长长的田垄，
那尘土飞扬的贫困的小村，
那蓝天下给予母亲的第一个微笑，
那朦胧中未完成的初恋的纯真，

那六平方米住房的狭窄的温暖，
那排着长队购买《英语讲座》的欢欣，
呵，那闪烁着红纱巾的艰难岁月呵，
一起化作了
深深的，绵长的柔情……

祖国呵，
我对你的爱多么深沉，
一如这展示着生活含义的纱巾，
那么固执地飘在
第二十九个严冬的风雪中，
点染着我那疲乏的、
并不年轻的青春。
那悲哀和希望糅和的颜色呵，
那苦涩和甜蜜调成的颜色呵，
那活跃着一代人的生命的颜色呵！

今天，大雪纷纷。
我仍然要向全世界
扬起一面小小的旗帜，
一片柔弱的翅膀，
一轮真正的太阳。
我相信，全世界都能
看到它，感觉到它，
因为它和那
插在最高建筑物上的旗帜，
是同样的，同样的
热烈而动人！

我望着伸向遥远的
淡红色的茫茫雪路，
一个孩子似的微笑
悄悄浮上嘴唇：
我正年轻……

我要戴那条
红色的纱巾……

李小雨（1951—2015），河北省丰润县人，当代女诗人。著有诗集《雁翎歌》《红纱巾》。

115.陌生人之间

孙桂贞

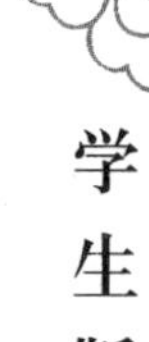

陌生人，谁能测出你我之间的距离？
这距离或者像欧洲和太平洋，
这距离或者只是不可再分的一层微薄的空间，
也许只需擦亮一根火柴，
两个陌生的世界就可以互相看见；
也许面对面一分钟，
然后就可以跨进那个并不存在的坎；
也许当敏感的手指碰到手指，
两颗心就奏响了一曲无声的和弦；
也许当脚印重复了再重复，
寂寞的行程就会消除韧性的防线；

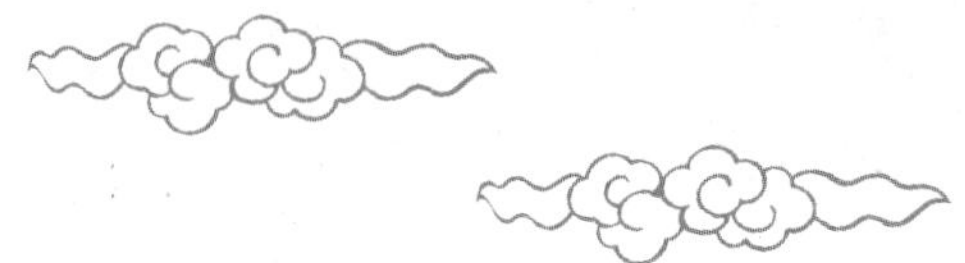

也许一次礼节性的谦让，
却彼此获得了索取一切的特权。

陌生人啊，当一切也许都没有发生，
你我就在交臂之间走过去了，
各走各的经过选择的道路，
直到死，我们没有一句交谈。
那两个辉煌的思想的碰撞是可能的啊!
……
然而，一切都没有发生。
因为陌生，我们不可能恨不相逢，
而这种恨几乎充满了我们每个人的生活。

孙桂贞，1951年生，天津人，当代女作家。著有诗集《黄皮肤的旗帜》。

116.春之舞

多　多

雪锹铲平了冬天的额头
树木
我听到你嘹亮的声音

我听到滴水声，一阵化雪的激动：
太阳的光芒像出炉的钢水倒进田野
它的光线从巨鸟展开双翼的方向投来

巨蟒，在卵石堆上摔打肉体
窗框，像酗酒大兵的嗓子在燃烧
我听到大海在铁皮屋顶上的喧嚣

啊，寂静
我在忘记你雪白的屋顶
从一阵散雪的风中，我曾得到过一阵疼痛

当田野强烈地肯定着爱情
我推拒春天的喊声
淹没在栗子滚下坡的巨流中

我怕我的心啊
我在喊：我怕我的心啊
会由于快乐，而变得无用！

多多，1951 年生，原名栗世征，北京人，当代诗人。著有诗集《行礼：诗 38 首》《里程：多多诗选 1973—1988》《多多诗选》《多多四十年诗选》等。

117.致橡树

舒　婷

我如果爱你——
绝不像攀援的凌霄花，
借你的高枝炫耀自己；
我如果爱你——

绝不学痴情的鸟儿，
为绿荫重复单调的歌曲；
也不止像泉源，
常年送来清凉的慰藉；
也不止像险峰，
增加你的高度，衬托你的威仪。
甚至日光。
甚至春雨。
不，这些都还不够！
我必须是你近旁的一株木棉，
作为树的形象和你站在一起。
根，紧握在地下；
叶，相触在云里。
每一阵风过，
我们都互相致意，
但没有人
听懂我们的言语。
你有你的铜枝铁干，
像刀，像剑，
也像戟；
我有我红硕的花朵
像沉重的叹息，
又像英勇的火炬。
我们分担寒潮、风雷、霹雳；
我们共享雾霭、流岚、虹霓。
仿佛永远分离，
却又终身相依。
这才是伟大的爱情，
坚贞就在这里：

爱——
不仅爱你伟岸的身躯，
也爱你坚持的位置，足下的土地。

舒婷，1952 年生，原名龚佩瑜，福建晋江人，当代女诗人。著有诗集《双桅船》《会唱歌的鸢尾花》《始祖鸟》。

118.这也是一切

——答一位青年朋友的《一切》

舒　婷

不是一切大树
都被风暴折断；
不是一切种子
都找不到生根的土壤；
个是一切真情
都流失在人心的沙漠里；
不是一切梦想
都甘愿被折掉翅膀。

不，不是一切
都像你说的那样！

不是一切火焰
都只燃烧自己
而不把别人照亮；

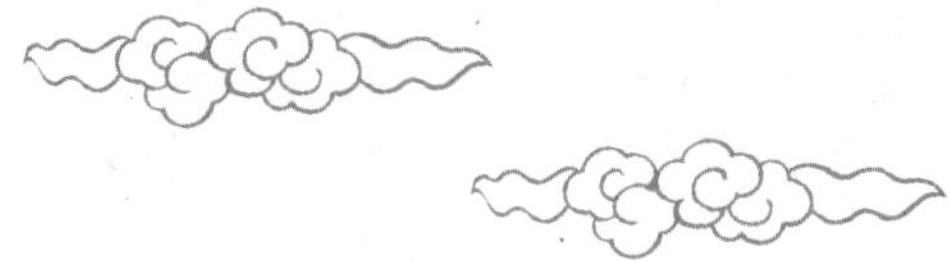

不是一切星星
都仅指示黑夜
而不报告曙暗；
不是一切歌声
都掠过耳旁
而不留在心上。

不，不是一切
都像你说的那样！

不是一切呼吁都没有回响；
不是一切损失都无法补偿；
不是一切深渊都是灭亡；
不是一切灭亡都覆盖在弱者头上；
不是一切心灵
都可以踩在脚下，烂在泥里；
不是一切后果
都是眼泪血印，而不展现欢容。

一切的现在都孕育着未来，
未来的一切都生长于它的昨天。
希望，而且为它斗争，
请把这一切放在你的肩上。

119.祖国呵，我亲爱的祖国

舒 婷

我是你河边上破旧的老水车，
数百年来纺着疲惫的歌；
我是你额上熏黑的矿灯，
照你在历史的隧洞里蜗行摸索；
我是干瘪的稻穗；是失修的路基；
是淤滩上的驳船
把纤绳深深
勒进你的肩膊；
——祖国呵！

我是贫困，
我是悲哀。
我是你祖祖辈辈
痛苦的希望呵，
是“飞天”袖间
千百年来未落到地面的花朵；
——祖国呵！

我是你簇新的理想，
刚从神话的蛛网里挣脱；
我是你雪被下古莲的胚芽；
我是你挂着眼泪的笑涡；
我是新刷出的雪白的起跑线；
是绯红的黎明

正在喷薄；
——祖国呵！

我是你的十亿分之一，
是你九百六十万平方的总和；
你以伤痕累累的乳房
喂养了
迷惘的我、深思的我、沸腾的我；
那就从我的血肉之躯上
去取得
你的富饶、你的荣光、你的自由；
——祖国呵，
我亲爱的祖国！

120.双桅船

舒　婷

雾打湿了我的双翼
可风却不容我再迟疑
岸呵，心爱的岸
昨天刚刚和你告别
今天你又在这里
明天我们将在
另一个纬度相遇

是一场风暴、一盏灯

把我们联系在一起
是一场风暴、另一盏灯
使我们再分东西
不怕天涯海角
岂在朝朝夕夕
你在我的航程上
我在你的视线里

121.神女峰

舒　婷

在向你挥舞的各色花帕中
是谁的手突然收回
紧紧捂住了自己的眼睛
当人们四散离去，谁
还站在船尾
衣裙漫飞，如翻涌不息的云
江涛
高一声
低一声

美丽的梦留下美丽的忧伤
人间天上，代代相传
但是，心
真能变成石头吗
为眺望远天的杳鹤

而错过无数次春江月明

沿着江岸
金光菊和女贞子的洪流
正煽动新的背叛
与其在悬崖上展览千年
不如在爱人肩头痛哭一晚

122.呵，母亲

舒　婷

你苍白的指尖理着我的双鬓，
我禁不住像儿时一样
紧紧拉住你的衣襟。
呵，母亲，
为了留住你渐渐隐去的身影，
虽然晨曦已把梦剪成烟缕，
我还是久久不敢睁开眼睛。

我依旧珍藏着那鲜红的围巾，
生怕浣洗会使它
失去你特有的温馨。
呵，母亲，
岁月的流水不也同样无情？
生怕记忆也一样褪色呵，
我怎敢轻易打开它的画屏？

为了一根刺我曾向你哭喊，
如今戴着荆冠，我不敢，
一声也不敢呻吟。
呵，母亲，
我常悲哀地仰望你的照片，
纵然呼唤能够穿透黄土，
我怎敢惊动你的安眠？

我还不敢这样陈列爱的祭品，
虽然我写了许多支歌
给花，给海，给黎明。
呵，母亲，
我的甜柔深谧的怀念，
不是激流，不是瀑布，
是花木掩映中唱不出歌声的枯井。

123.致大海

舒　婷

大海的日出
引起多少英雄由衷的赞叹；
大海的夕阳
招惹多少诗人温柔的怀想。
多少支在峭壁上唱出的歌曲，
还由海风日夜

日夜地呢喃；
多少行在沙滩上留下的足迹，
多少次向天边扬起的风帆，
都被海涛秘密
秘密地埋葬。

有过咒骂，有过悲伤，
有过赞美，有过荣光。
大海——变幻的生活，
生活——汹涌的海洋。

哪儿是儿时挖掘的穴？
哪里有初恋并肩的踪影？
呵，大海，
就算你的波涛
能把记忆涤平，
还有些贝壳，
撒在山坡上
如夏夜的星。

也许漩涡眨着危险的眼，
也许暴风张开贪婪的口，
呵，生活，
固然你已断送
无数纯洁的梦，
也还有些勇敢的人，
如暴风雨中
疾飞的海燕。

傍晚的海岸夜一样冷静，
冷夜的山死一般严峻。
从海岸到山岩，
多么寂寞我的影；
从黄昏到夜阑，
多么骄傲我的心。

“自由的元素”呵，
任你是佯装的咆哮，
任你是虚伪的平静，
任你掠走过去的一切
一切的过去——
这个世界
有沉沦的痛苦，
也有苏醒的欢欣。

学生版

124.海滨晨曲

舒　婷

一早我就奔向你呵，大海，
把我的心紧紧贴上你胸膛的风波……

昨夜梦里听见你召唤我，
像慈母呼唤久别的孩儿。
我醒来聆听你深沉的歌声：
一次比一次悲壮，
一声比一声狂热。

摇撼着小岛摇撼我的心，
仿佛将在浪谷里一道沉没。
你的潮水漫过我的心头，
而又退下，退下是为了
聚集力量，
迸出更凶猛的怒吼。
我起身一把撕断了纱窗，
——夜星还在寒天闪烁。
你等我，等着我呀，
莫非等不到黎明的那一刻？！

晨风刚把槟榔叶尖的露珠吻落，
我来了，你却意外地娴静温柔。
你微笑，你低语，
你平息了一切，
只留下淡淡的忧愁。
只有我知道，
枯朽的橡树为什么折断？
但我不能说。
望着你远去的帆影我沛然泪下，
风儿已把你的诗章缓缓送走。
叫我怎能不哭泣呢？
为着我的来迟，
夜里的耽搁，
更为着我这样年轻，
不能把时间、距离都冲破！

风暴会再来临，
请别忘了我。

当你以雷鸣
震惊了沉闷的宇宙，
我将在你的涛峰讴歌；
呵，不，我是这样渺小，
愿我化为雪白的小鸟，
做你呼唤自由的使者；
一旦窥见了你的秘密，
便像那坚硬的礁石
受了千年的魔法不再开口。
让你的飓风把我炼成你的歌喉，
让你的狂涛把我塑成你的性格，
我决不犹豫，
决不后退，
决不发抖，
大海呵，请记住——
我是你忠实的女儿！

一早我就奔向你呵，大海，
把我的心紧紧贴上你胸膛的风波……

125.珠贝——大海的眼泪

舒　婷

在我微颤的手心里放下一粒珠贝，
仿佛大海滴下的鹅黄色的眼泪……

当波涛含恨离去，
在大地雪白的胸前哽咽，
它是英雄眼里灼烫的泪，
也和英雄一样忠实，
嫉妒的阳光
终不能把它化作一滴清水；
当海浪欢呼而来，
大地张开手臂把爱人迎接，
它是少女怀中的金枝玉叶，
也和少女的心一样多情，
残忍的岁月
终不能叫它的花瓣枯萎。

它是无数拥抱，
无数泣别，
无数悲喜中，
被抛弃的最崇高的诗节；
它是无数雾晨，
无数雨夜，
无数年代里
被遗忘的最和谐的音乐。

撒出去——
失败者的心头血，
矗起来——
胜利者的纪念碑。
它目睹了血腥的光荣，
它记载了伟大的罪孽。

它是这样伟大，
它的花纹，它的色彩，
包罗了广渺的宇宙，
概括了浩瀚的世界；
它是这样渺小，如我的诗行一样素洁，
风凄厉地鞭打我，
终不能把它从我的手心夺回。

仿佛大海滴下的鹅黄色的眼泪，
在我微颤的手心里放下了一粒珠贝……

126.一代人的呼声

舒　婷

我绝不申诉
我个人的不幸：
错过的青春，
变形的灵魂，
无数失眠之夜
留下来痛苦的记忆。
我推翻了一道道定义；
我打碎了一层层枷锁；
心中只剩下一片触目的废墟……
但是，我站起来了，
站在广阔的地平线上，
再没有人，没有任何手段，

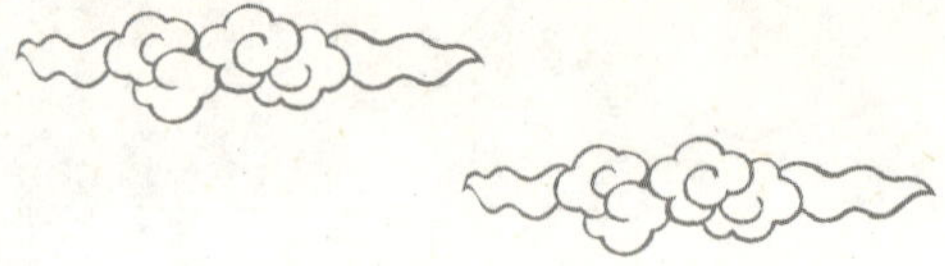

能把我重新推下去。

假如是我，躺在“烈士”墓里，
青苔侵蚀了石板上的字迹；
假如是我，尝遍铁窗风味，
和镣铐争辩真理的法律；
假如是我，形容枯槁憔悴，
赎罪般的劳作永无尽期；
假如是我，仅仅是
我的悲剧——
我也许已经宽恕，
我的泪水和愤怒
也许可以平息。

但是，为了孩子们的父亲，
为了父亲们的孩子；
为了各地纪念碑下
那无声的责问不再使人颤栗；
为了一度露宿街头的画面
不再使我们的眼睛无处躲避；
为了百年后天真的孩子
不用对我们留下的历史猜谜；
为了祖国的这份空白；
为了民族的这段崎岖；
为了天空的纯洁
和道路的正直，
我要求真理！

127.我说，我爱，但我不能……

马丽华

一

千里迢迢，万里迢迢，
苦苦地，将你寻找，
从心灵的国度出发，
直寻到天涯海角。

铁鞋洞穿了，
便拖着滴血的双脚；
十多个寒暑流逝了，
一个意念，不曾动摇。

是在那狂热的年代吧，
初恋的火焰就已云散烟消，
沉闷岁月的迷乱中，
青春之树也险些枯槁。

痛饮过失恋的苦酒，
才祈求挚爱的醇醪；
凭吊往昔的日子，
把信念攥得牢牢。

为安顿这不肯沉沦的心，
为捕捉那渴念的飘渺，

哪怕再跋涉千里万里呢？
纵使寒霜染上鬓角啊！

遭遇着失路之悲，困惑之扰，
影的孤独，隐忍着心的寂寥，
只愿有一天，能以血肉之躯，
将你紧紧、紧紧地拥抱！

二

是在高原扑朔的风雪里，
是在马背生涯的颠簸中，
我狂喜地发现了你，
——我心灵中走出的倩影。

正是我苦苦寻觅的你啊——
清贫，但是富有，像诗人；
正是我久久怀想的你啊——
粗犷，矜持，而又多情。

我曾以为，水中淬过，砧上锻过，
那信念便纯而又纯；
我曾以为，火里焚过，血里浸过，
那爱情才真而又真。

然而，惯于暗夜里的摸索，
阳光下，竟难以睁开眼睛。
——离你只一步之遥，我退却了，
我说，我爱，但我不能……

我说，我爱，但我不能……
就是说，背上的十字架过于沉重，
敢于希望，却没有勇气得到，
就是说，我不敢直面实在的人生。

世间最深的悲哀，莫过于
认准了……却不能为之献身。
比追寻更苦，更绝望，
因为面对着所爱，但我不能……

马丽华，1953年生，山东济南人，当代女作家。著有长篇报告文学《青藏苍茫——青藏高原科学考察五十年》。

128.中国，我的钥匙丢了

梁小斌

中国，我的钥匙丢了。
那是十多年前，
我沿着红色大街疯狂地奔跑，
我跑到了郊外的荒野上欢叫，
后来，
我的钥匙丢了。

心灵，苦难的心灵，
不愿再流浪了，
我想回家，

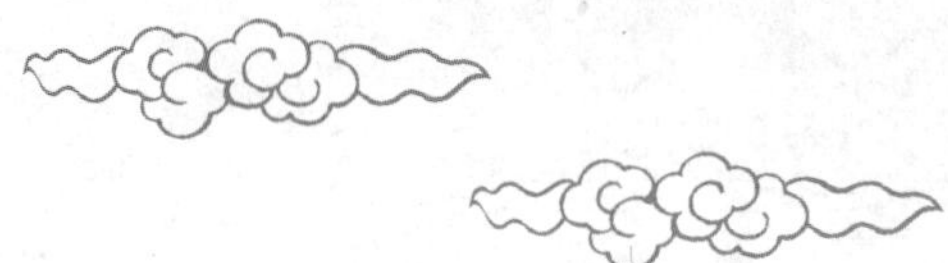

打开抽屉、翻一翻我儿童时代的画片，
还看一看那夹在书页里的
翠绿的三叶草。

而且，
我还想打开书橱，
取出一本《海涅歌谣》，
我要去约会，
我向她举起这本书，
作为我向蓝天发出的
爱情的信号。

这一切，
这美好的一切都无法办到，
中国，我的钥匙丢了。

天，又开始下雨，
我的钥匙啊，
你躺在哪里？

我想风雨腐蚀了你，
你已经锈迹斑斑了。
不，我不那样认为，
我要顽强地寻找，
希望能把你重新找到。

太阳啊，
你看见了我的钥匙了吗？
愿你的光芒，

为它热烈地照耀。

我在这广大的田野上行走，
我沿着心灵的足迹寻找，
那一切丢失了的，
我都在认真思考。

梁小斌，1954年生，安徽合肥人，当代诗人。代表作品有《中国，我的钥匙丢了》《雪白的墙》。

129.雪白的墙

梁小斌

妈妈
我看见了雪白的墙。

早晨，
我上街去买蜡笔，
看见一位工人
费了很大的力气，
在为长长的围墙粉刷。

他回头向我微笑，
他叫我
去告诉所有的小朋友：
以后不要在这墙上乱画。

妈妈，
我看见了雪白的墙。
这上面曾经那么肮脏，
写有很多粗暴的字。

妈妈，你也哭过，
就为那些辱骂的缘故，
爸爸不在了，
永远地不在了。

比我喝的牛奶还要洁白，
还要洁白的墙，
一直闪现在我的梦中，
它还站在地平线上，
在白天里闪烁着迷人的光芒。
我爱洁白的墙。

永远地不会在这墙上乱画，
不会的，
像妈妈一样温和的晴空啊，
你听到了吗？

妈妈，
我看见了雪白的墙。

130.我热爱秋天的风光

梁小斌

我热爱秋天的风光
我热爱这比人类存在更古老的风光

秋天像一条深沉的河流在歌唱

当土地召唤我去收割的时候
一条被太阳翻晒过的河流在我身躯上流淌
我静静沐浴
让河流把我洗黑
当我成熟以后被抛在地上
我仰望秋天
像辉煌的屋顶在夕阳下泛着金光

秋天像一条深沉的河流在歌唱
河流两岸还荡漾着我优美的思想

秋天的存在
使我想起在耕耘之后一定会有收获
我有一颗种子已经被遗忘

我长时间欣赏这比人类存在更古老的风光
秋天像一条深沉的河流在歌唱

131.我感到了阳光

王小妮

沿着长长的走廊
我，走下去……

——呵，迎面是刺眼的窗子，
两边是反光的墙壁。
阳光，我
我和阳光站在一起。

——呵，阳光原来这样强烈！
暖得人凝住了脚步，
亮得人憋住了呼吸。
全宇宙的光都在这里集聚。

——我不知道还有什么存在。
只有我，靠着阳光，
站了十秒钟。
十秒，有时会长于
一个世纪的四分之一！

终于，我冲下楼梯，
推开门，
奔走在春天的阳光里……

王小妮，1955年生，吉林长春人，当代女诗人。著有诗集《我的诗选》《我的纸里包着我的火》。

132.我希望你以军人的身份再生

——致额尔金勋爵

晓　桦

我佩服你
——额尔金勋爵
你敢于发布这样的命令
把古老东方的京都
投进熊熊大火
在每片飞灰上写下你的姓氏
扬遍全世界的每处角落
在每寸焦土里埋下你的名字
和野草岁岁生长

我不佩服你
——额尔金勋爵
你根本没有敌手
没有敌手却建树功勋的英雄
比拼杀中倒下的战败者还耻辱
焚烧一座没有抵抗的园林
践踏一片不会说话的土地
那是小孩子的手都能胜任的
何用军人的膂力

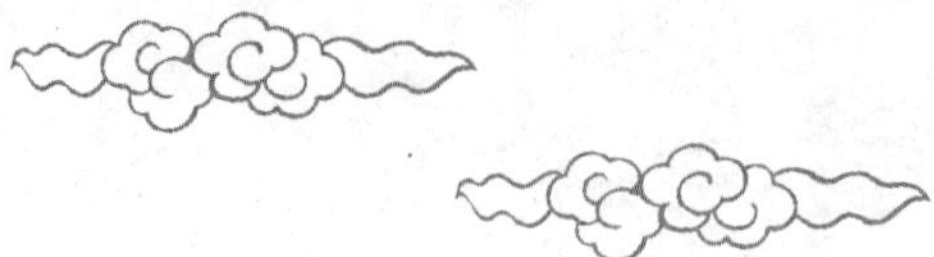

但你毕竟以你的壮举
给你的后裔们留下
足以在餐桌上大嚼永远的威名
给你民族发黄的编年史
订上火光闪闪的骄傲的一页

我好恨
恨我没早生一个世纪
使我能与你对视着站立在
阴森幽暗的古堡
晨光微露的旷野
要么我拾起你扔下的白手套
要么你接住我甩过去的剑
要么你我各乘一匹战马
远远离开遮天的帅旗
离开如云的战阵
决胜负于城下

我更希望
你以军人的身份再生
当然我决不会用原子武器
对你那单发的火枪
像你用重炮摧毁冷兵器
我希望你是
装备精良训练有素的军人
你会满意的
你的对手不再是猛勇而愚钝的
僧格林沁

在此
我谨向世界提醒一句
从我们这一代起
中国将不再给任何国度的军人
提供创造荣誉建立功勋的机会

晓桦，1955年生，原名李晓桦，当代军旅诗人，著有诗集《白鸽子·蓝星星》，实验小说《蓝色高地》《三色积木》。

133.生命幻想曲

顾　城

把我的幻影和梦，
放在狭长的贝壳里。
柳枝编成的船篷，
还旋绕着夏蝉的长鸣。
拉紧桅绳
风吹起晨雾的帆，
我开航了。

没有目的，
在蓝天中荡漾。
让阳光的瀑布，
洗黑我的皮肤。

太阳是我的纤夫。

它拉着我，
用强光的绳索，
一步步，
走完十二小时的路途。

我被风推着
向东向西，
太阳消失在暮色里。

黑夜来了，
我驶进银河的港湾。
几千个星星对我看着，
我抛下了
新月——黄金的锚。

天微明，
海洋挤满阴云的冰山，
碰击着，
“轰隆隆”——雷鸣电闪!
我到哪里去呵?
宇宙是这样的无边。

用金黄的麦秸，
织成摇篮，
把我的灵感和心
放在里边。
装好纽扣的车轮，
让时间拖着
去问候世界。

车轮滚过
百里香和野菊的草间。
蟋蟀欢迎我，
抖动着琴弦。
我把希望溶进花香。

黑夜像山谷，
白昼像峰巅。
睡吧！合上双眼，
世界就与我无关。

时间的马，
累倒了。
黄尾的太平鸟，
在我的车中做窝。
我仍然要徒步走遍世界——
沙漠、森林和偏僻的角落。

太阳烘着地球，
像烤一块面包。
我行走着，
赤着双脚。
我把我的足迹，
像图章印遍大地，
世界也就溶进了
我的生命。

我要唱
一支人类的歌曲，

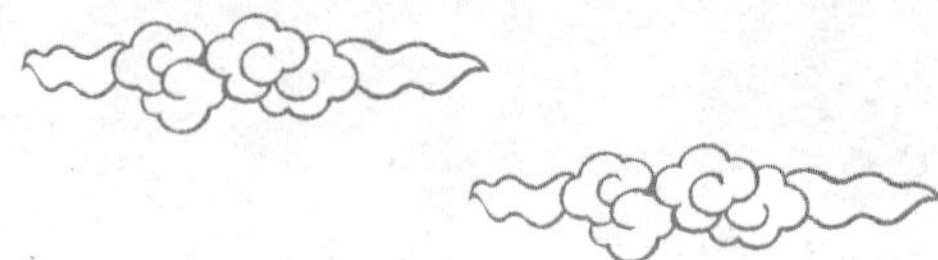

千百年后
在宇宙中共鸣。

顾城（1956—1993），北京人，当代诗人。著有诗集《我会像青草一样呼吸》《黑眼睛》《墓床》。

134.远和近

顾　城

你
一会看我
一会看云

我觉得
你看我时很远
你看云时很近

135.一代人

顾　城

黑夜给了我黑色的眼睛，
我却用它寻找光明。

136.我是一个任性的孩子

——我想在大地上画满窗子，让所有习惯黑暗的眼睛都习惯光明

顾　城

也许
我是被妈妈宠坏的孩子
我任性

我希望
每一个时刻
都像彩色蜡笔那样美丽
我希望
能在心爱的白纸上画画
画出笨拙的自由
画下一只永远不会
流泪的眼睛
一片天空
一片属于天空的羽毛和树叶
一个淡绿的夜晚和苹果

我想画下早晨
画下露水所能看见的微笑
画下所有最年轻的
没有痛苦的爱情
画下想象中
我的爱人
她没有见过阴云

她的眼睛是晴空的颜色
她永远看着我
永远，看着
决不会忽然掉过头去

我想画下遥远的风景
画下清晰的地平线和水波
画下许许多多快乐的小河
画下丘陵——
长满淡淡的茸毛
我让它们挨得很近
让它们相爱
让每一个默许
每一阵静静的春天的激动
都成为
一朵小花的生日

我还想画下未来
我没见过她，也不可能
但知道她很美
我画下她秋天的风衣
画下那些燃烧的烛火和枫叶
画下许多因为爱她
而熄灭的心
画下婚礼
画下一个个早早醒来的节日——
上面贴着玻璃糖纸
和北方童话的插图

我是一个任性的孩子
我想涂去一切不幸
我想在大地上
画满窗子
让所有习惯黑暗的眼睛
都习惯光明
我想画下风
画下一架比一架更高大的山岭
画下东方民族的渴望
画下大海——
无边无际愉快的声音

最后，在纸角上
我还想画下自己
画下一只树熊
他坐在维多利亚深色的丛林里
坐在安安静静的树枝上
发愣
他没有家
没有一颗留在远处的心
他只有，很多很多
浆果一样的梦
和很大很大的眼睛

我在希望
在想
但不知为什么
我没有领到蜡笔
没有得到一个彩色的时刻

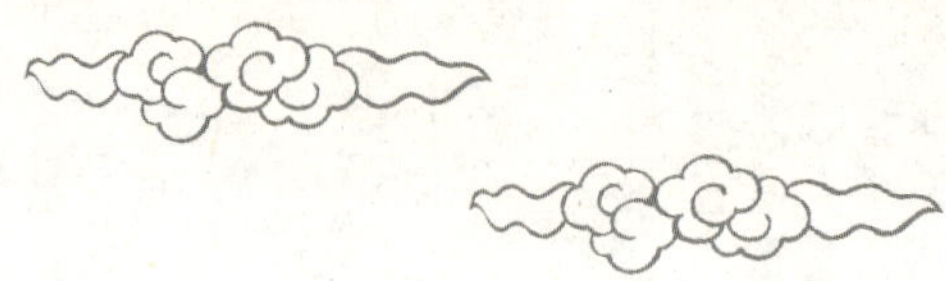

我只有我
我的手指和创痛
只有撕碎那一张张
心爱的白纸
让它们去寻找蝴蝶
让它们从今天消失

我是一个孩子
一个被幻想妈妈宠坏的孩子
我任性

137.不要说了，我不会屈服

——在即将崩坍的死牢里，英雄这样地回答了敌人

顾　城

不要说了
我不会屈服

虽然，我想生存
想稻谷和蔬菜
想用一间银白的房子
来贮藏阳光
想让窗台
铺满太阳花
和秋天的枫叶

想在一片静默中
注视鸟雀
让我的心也飞上屋檐

不要说了
我不会屈服

虽然，我渴望爱
渴望穿过几千里
无关的云朵
去寻找那小路
渴望在森林和楼窗间
用最轻的吻
使她睫毛上粘满花粉
告别路灯
沿着催眠曲
走向童年

不要说了
我不会屈服

虽然，我要自由
就像一棵草
要移动身上的石块
就像向日葵
索取自己的王冠
我要天空
一片被微风冲淡的蓝色

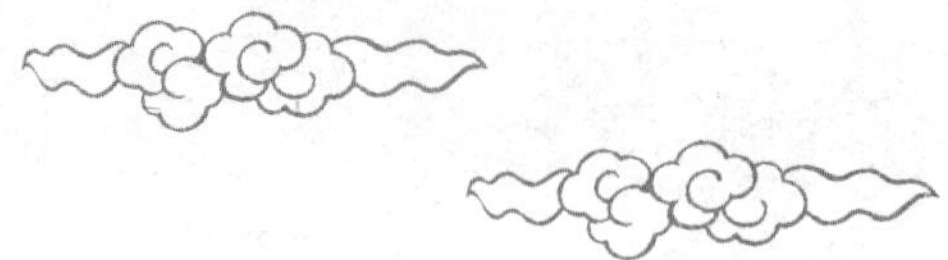

让诗句渐渐散开
像波浪
传递着果实

但是，不要说了
我不会屈服

138.无名的小花

割草归来，细雨飘飘，见路旁小花含露微笑而作。

顾　城

野花，
星星，点点，
像遗失的纽扣，
撒在路边。

它没有秋菊
卷曲的金发，
也没有牡丹
娇艳的容颜。

它只有微小的花
和瘦弱的叶片，
把淡淡的芬芳
溶进美好的春天。

我的诗
像无名的小花，
随着季节的风雨
悄悄地开放在
寂寞的人间……

139.小花的信念

顾　城

在山石组成的路上
浮起一片小花

它们用金黄的微笑
来回报石块的冷遇

它们相信
最后，石头也会发芽
也会粗糙地微笑
在阳光和树影间
露出善良的牙齿

140.小巷

顾　城

小巷
又弯又长

没有门
没有窗

你拿把旧钥匙
敲着厚厚的墙

141.甜蜜的复仇

夏　宇

把你的影子加点盐
腌起来
风干

老的时候
下酒

夏宇，1956年生，原名黄庆绮，台湾人，当代女诗人。著有诗集《备忘录》《腹语术》《摩擦·无以名状》。

142.傍晚穿过广场

欧阳江河

我不知道一个过去年代的广场
从何而始，从何而终
有的人用一小时穿过广场，
有的人用一生——
早晨是孩子，傍晚已是垂暮之人。
我不知道还要在夕光中走出多远
才能停住脚步？

还要在夕光中眺望多久
才能闭上眼睛？
当高速行驶的汽车打开刺目的车灯。
那些曾在一个明媚早晨穿过广场的人，
我从汽车的后视镜看见过他们一闪即逝的面孔。
傍晚他们乘车离去。

个无人离去的地方不是广场，
一个无人倒下的地方也不是。
离去的重新归来，
倒下的却永远倒下了。
一种叫作石头的东西
迅速地堆积、屹立，
不像骨头的生长需要一百年的时间，
也不像骨头那么软弱。

每个广场都有一个用石头垒起来的脑袋，
使两手空空的人们感到生存的分量。

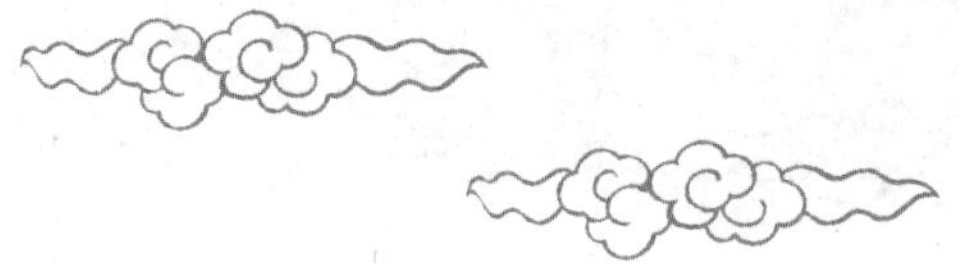

以巨大的石头脑袋去思考和仰望
对任何人都不是一件轻松的事，
石头的重量
减轻了人们肩上的责任、爱情和牺牲。

或许人们会在一个明媚的早晨穿过广场，
张开手臂在四面来风中柔情地拥抱。
但当黑夜降临，
双手就变得沉重。
唯一的发光体是脑袋里的石头，
唯一刺向石头的利剑悄然坠地。

黑暗和寒冷在上升。
广场周围的高层建筑穿上了瓷和玻璃的时装。
一切变得矮小了。石头的世界
在玻璃反射出来的世界中轻轻浮起，
像是涂在孩子们作业本上的
一个随时会被撕下来揉成一团的阴沉念头。

汽车疾驶而过，把流水的速度
倾泻到有着钢铁筋骨的庞大混凝土制度中，
赋予寂静以喇叭的形状。
一个过去年代的广场从汽车的后视镜消失了。

永远消失了——
一个青春期的、初恋的、布满粉刺的广场。
一个从未在账单和死亡通知书上出现的广场。
一个露出胸膛、挽起衣袖、扎紧腰带，
一个双手使劲搓洗的带补丁的广场。

一个通过年轻的血液流到身体之外
用舌头去舔、用前额去下磕、用旗帜去覆盖
的广场。

空想的、消失的、不复存在的广场，
像下了一夜的大雪在早晨停住。
一种纯洁而神秘的融化
在良心和眼睛里交替闪耀，
一部分成为叫作泪水的东西，
另一部分在叫作石头的东西里变得坚硬起来。

石头的世界崩溃了，
一个软组织的世界爬到高处。
整个过程就像泉水从吸管离开矿物，
进入密封的、蒸馏过的、有着精美包装的空间。
我乘坐高速电梯在雨天的伞柄里上升。

回到地面时，我抬头看见雨伞一样张开的
一座圆形餐厅在城市上空旋转。
像一顶从魔法变出来的帽子，
它的尺寸并不适合
用石头垒起来的巨人的脑袋。

那些曾托起广场的手臂放了下来。
如今巨人仅靠一柄短剑来支撑。
它会不会刺破什么呢？比如，一场曾经有过的
从纸上掀起、在墙上张贴的脆弱革命？

从来没有一种力量
能把两个不同的世界长久地粘在一起。
一个反复张贴的脑袋最终将被撕去。
反复粉刷的墙壁，
被露出大腿的混血女郎占据了一半。
另一半是头发再生、假肢安装之类的诱人广告。

一辆婴儿车静静地停在傍晚的广场上，
静静地，和这个快要发疯的世界没有关系。
我猜婴儿与落日之间的距离有一百年之遥。
这是近乎无限的尺度，足以测量
穿过广场所要经历的一个幽闭时代有多么漫长。

对幽闭的普遍恐惧，
使人们从各自的栖居云集广场，
把一生中的孤独时刻变成热烈的节日。
但在栖居深处，在爱与死的默默的注目礼中，
一个空无人迹的影子广场被珍藏着，
像紧闭的忏悔室只属于内心的秘密。

是否穿越广场之前必须穿越内心的黑暗？
现在黑暗中最黑的两个世界合为一体，
坚硬的石头脑袋被劈开，
利剑在黑暗中闪闪发光。

如果我能用劈成两半的神秘黑夜
去解释一个双脚踏在大地上的明媚早晨——
如果我能沿着洒满晨曦的台阶
去登上虚无之巅的巨人的肩膀，

不是为了升起，而是为了陨落——
如果黄金镌刻的铭文不是为了被传颂，
而是为了被抹去、被遗忘、被践踏——

正如一个被践踏的广场迟早要落到践踏者头上，
那些曾在一个明媚的早晨穿过广场的人
他们的黑色皮鞋也迟早要落到利剑之上，
像必将落下的棺盖落到棺材上那么沉重。
躺在里面的不是我，也不是
行走在剑刃上的人。

我没想到这么多人会在一个明媚的早晨
穿过广场，避开孤独和永生。
他们是幽闭时代的幸存者。
我没想到他们会在傍晚时离去或倒下

一个无人倒下的地方不是广场，
一个无人站立的地方也不是。
我曾是站着的吗？还要站立多久？
毕竟我和那些倒下去的人一样，
从来不是一个永生者。

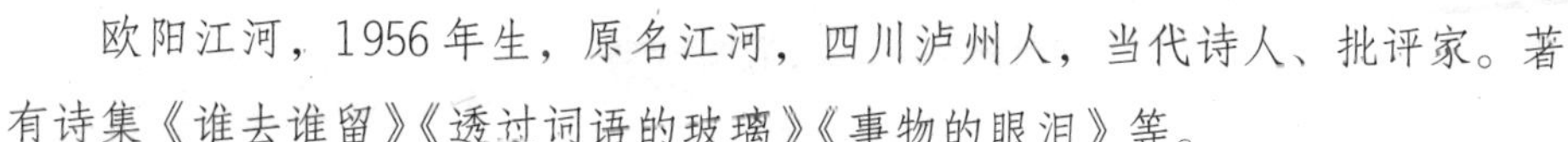

欧阳江河，1956年生，原名江河，四川泸州人，当代诗人、批评家。著有诗集《谁去谁留》《透过词语的玻璃》《事物的眼泪》等。

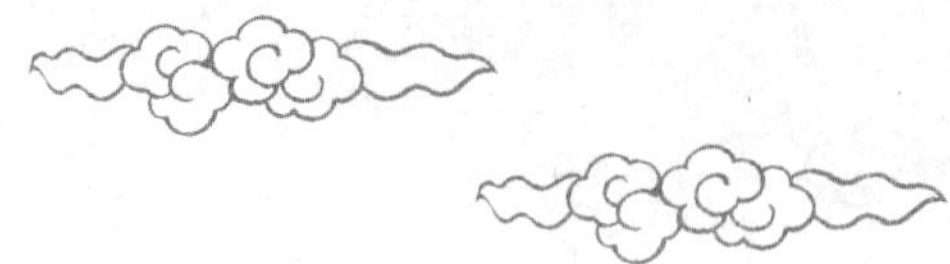

143.在山的那边

王家新

（一）

小时候，我常伏在窗口痴想，
——山那边是什么呢？
妈妈给我说过：海
哦，山那边是海吗？
于是，怀着一种隐秘的想望，
有一天我终于爬上了那个山顶，
可是，我却几乎是哭着回来了，
——在山的那边，依然是山，
山那边的山啊，铁青着脸，
给我的幻想打了一个零分！
妈妈，那个海呢？

（二）

在山的那边，是海！
是用信念凝成的海。
今天啊，我竟没料到，
一颗从小飘来的种子
却在我的心中扎下了深根。
是的，我曾一次又一次地失望过，
当我爬上那一座座诱惑着我的山顶，
但我又一次次鼓起信心向前走去。
因为我听到海依然在远方为我喧腾，

——那雪白的海潮啊，夜夜奔来，
一次次漫湿了我枯干的心灵……

在山的那边，是海吗？
是的！人们啊，请相信——
在不停地翻过无数座山后，
在一次次地战胜失望之后，
你终会攀上这样一座山顶，
而在这座山的那边，就是海呀。
是一个全新的世界，
在一瞬间照亮你的眼睛……

王家新，1957年生，湖北丹江口人，当代诗人。代表作品有《瓦雷金诺叙事曲》《帕斯捷尔纳克》《游动悬崖》。

144.伦敦随笔（其十一）

王家新

在那里母语即是祖国，
你没有别的祖国。
在那里你在地狱里修剪花枝，
死亡也不能使你放下剪刀。
在那里每一首诗都是最后一首，
直到你从中绊倒于
那曾绊倒了老杜甫的石头……

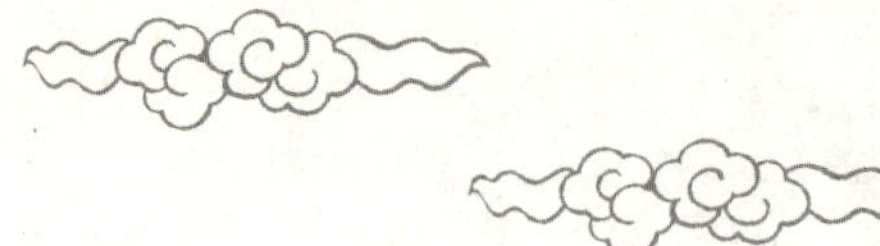

145.月的中国

阎月君

江天一色无纤尘，
皎皎空中孤月轮。
江畔何人初见月？
江月何年初照人？
——张若虚《春江花月夜》

从未曾去过也不曾有来
所谓的日子播种在窗外
唯一的裤子精心洗了又晒
年年盼年
年年吃去春的野菜
年年把月放在江里
年年用《九歌》的魂把她嫁娶

我们喝江中的水
喝她永不枯竭的隐秘
并得知祖先曾喝过她的水被她吮干过
我们是她心甘情愿的鱼儿
争宠吃醋受苦于她的河
我们恋着的双腿永是成不了佛了
我们在春天只痴心于一种花
说不尽勿忘我，勿忘我的悄悄话
我们把这花儿一路栽种下去
便再也走不出，走不出这块土地

对酒当歌，歌山光也歌水色
拍遍栏杆，摸红叶的台阶
长空浩瀚啊
银河是一条流向何处的河
夕阳西下，伊人断肠在天涯
瘦马瘦马哟，犹自吻落花

在东方朗碧的天空下
有清泪千年蜿蜒为芬芳
一行黄河，一行长江
寒蝉凄切，何人独对长亭晚凉
落红飞花，荷锄怅惘的是哪一家的姑娘
基督基督你永不会读懂
这神秘多情的东方之泪
更不必说那凤毁于火亦生于火
那披发浪子当哭的长歌

我和庄生并不隔膜
有我的时候就有蝴蝶
有我的时候就有苏东坡的月色
月色总在有雾的江边等着

从前李白曾踏歌来过
那以后的履声便夜夜从未断过
月呵月，你吮尽了中国
月呵月，你化作金灿灿的颜色
那金黄的颜色是龙的颜色
月呵月呵，你是中国

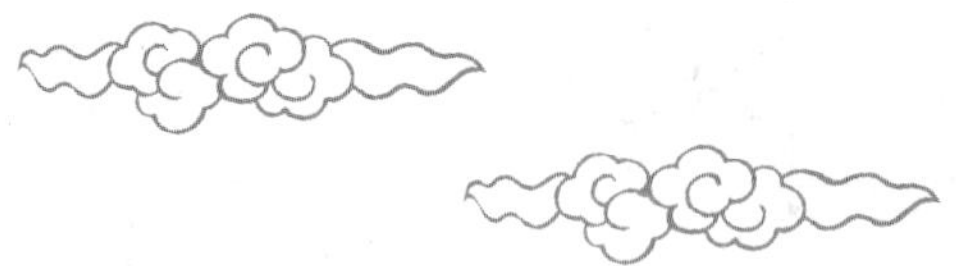

寒食夜见河汉袅袅你浑圆将落
那满月之上装满了什么
有什么舞着且歌着
纵使欢乐盛满五千年也是沉甸甸的
更何况太多的苦痛与伤别
而我们仍把你当少女的唇吻着
当慈母的怀抱倾吐着
当圣洁的天使崇拜着
我们是心甘情愿的鱼儿
死去，活着，游弋于你的河
我们恋着的魂纵使飞天也成不了佛了
永是
一串串清泪啊
一声声中国

阎月君，1958 年生，当代女诗人。著有诗集《月的中国》。

146.有关大雁塔

韩　东

有关大雁塔
我们又能知道些什么
有很多人从远方赶来
为了爬上去
做一次英雄
也有的还来做第二次

或者更多
那些不得意的人们
那些发福的人们
统统爬上去
做一做英雄
然后下来
走进这条大街
转眼不见了
也有有种的往下跳
在台阶上开一朵红花
那就真的成了英雄
当代英雄

有关大雁塔
我们又能知道什么
我们爬上去
看看四周的风景
然后再下来

韩东，1961 年生，江苏南京人，当代作家。著有诗集《爸爸在天上看我》。

147.你见过大海

韩　东

你见过大海
你想象过
大海
你想象过大海
然后见到它
就是这样
你见过了大海
并想象过它
可你不是
一个水手
就是这样
你想象过大海
你见过大海
也许你还喜欢大海
顶多是这样
你见过大海
你也想象过大海
你不情愿
让海水给淹死
就是这样
人人都这样

148. 山民

韩　东

小时候，他问父亲
“山那边是什么”
父亲说“是山”
“那边的那边呢”
“山，还是山”
他不作声了，看着远处
山第一次使他这样疲倦

他想，这辈子是走不出这里的群山了
海是有的，但十分遥远
他只能活几十年
所以没有等他走到那里
就已死在半路上
死在山中

他觉得应该带着老婆一起上路
老婆会给他生个儿子
到他死的时候
儿子就长大了
儿子也会有老婆
儿子也会有儿子
儿子的儿子也还会有儿子
他不再想了
儿子也使他很疲倦

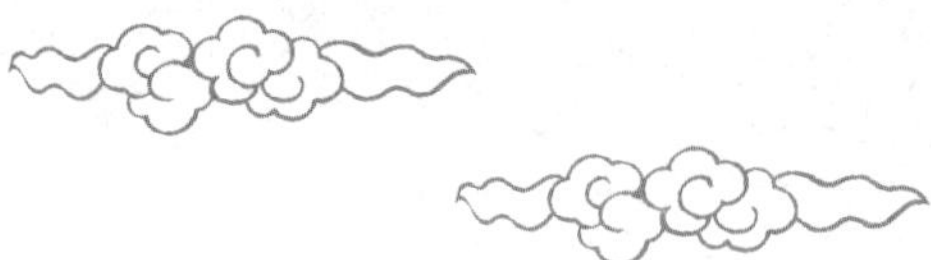

他只是遗憾
他的祖先没有像他一样想过
不然，见到大海的该是他了

149.一无所有

崔　健

我曾经问个不休
你何时跟我走
可你却总是笑我，一无所有
我要给你我的追求
还有我的自由
可你却总是笑我，一无所有

噢……你何时跟我走
噢……你何时跟我走

脚下这地在走
身边那水在流
可你却总是笑我，一无所有
为何你总笑个没够
为何我总要追求
难道在你面前
我永远是一无所有

噢……你何时跟我走
噢……你何时跟我走

脚下这地在走
身边那水在流
告诉你我等了很久
告诉你我最后的要求
我要抓起你的双手
你这就跟我走
这时你的手在颤抖
这时你的泪在流
莫非你是在告诉我
你爱我一无所有

噢……你这就跟我走
噢……你这就跟我走
噢……你这就跟我走

崔健，1961 年生，北京人，摇滚歌手。代表作有《一无所有》。

150.城市雕塑

车前子

一个城市
有一人城市的回忆
铸成它特有的铜像

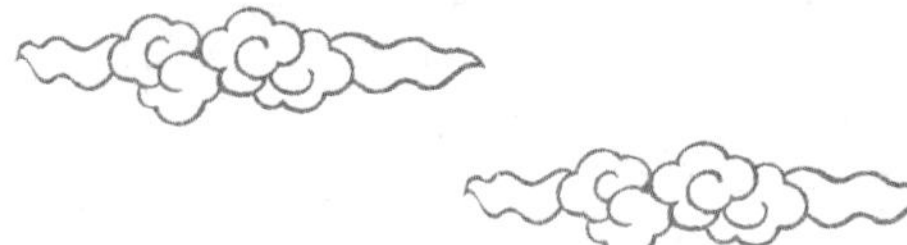

矗立在广场中央
一个城市
有一个城市的愿望
雕成它特有的石像
矗立在十字街头
你
我
中午
在哪座雕塑下
都是在这个城中长大
却没有铜像的回忆
和
石像的愿望
中午
太阳捐给雕塑许多金币

无论铜像
还是石像
都接受了它馈赠
在广场中央
在十字街头
在自己的城市里
我们也用它的捐款
铸自己回忆的铜像
雕自己愿望的石像

车前子，1963 年生，江苏苏州人，当代作家。代表作有《三原色》。

151.在哈尔盖仰望星空

西　川

有一种神秘你无法驾驭
你只能充当旁观者的角色
听凭那神秘的力量
从遥远的地方发出信号
射出光来，穿透你的心
像今夜，在哈尔盖
在这个远离城市的荒凉的地方
在这青藏高原上的
一个蚕豆般大小的火车站旁
我抬起头来眺望星空
这时河汉无声，鸟翼稀薄
青草向群星疯狂地生长
马群忘记了飞翔
风吹着空旷的夜也吹着我
风吹着未来也吹着过去
我成为某个人，某间
点着油灯的陋室
而这陋室冰凉的屋顶
被群星的亿万只脚踩成祭坛
我像一个领取圣餐的孩子
放大了胆子，但屏住呼吸

西川，1963 年生，原名刘军，江苏徐州人，诗人、散文家。著有诗集《虚构的家谱》《大意如此》《西川的诗》等。

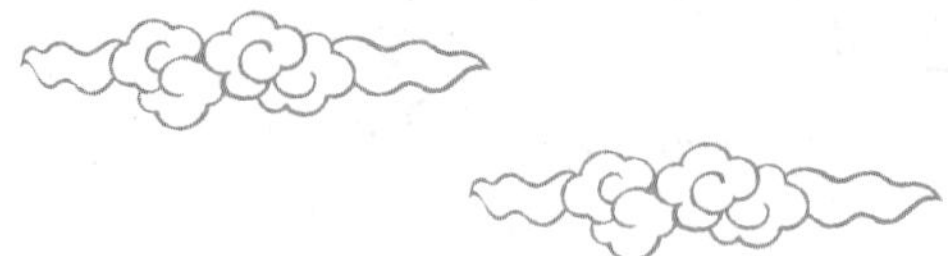

152.女儿

黄灿然

我的小冤家，小喜鹊，小闹钟，
她的灵魂到处飞扬，幻想的翅膀高于蓝天，
她说“爸爸”，眼里闪烁迷人的光辉，
然后她就不说话了，继续在床上蹦跳，
仿佛蹦跳才是生命的责任，藐视我坐着的笨样。
她又说“爸爸”，这回嘴边露出一丝儿微笑，
然后又不说话了，继续唱她自编的歌儿，
灵魂飞上了天，我敢肯定。
我的小捣蛋，小淘气，小冒失鬼，
她的灵魂真不在身上，像一个风筝拼命飞升，
我得每时每刻抓住那条想挣脱的线，
让她知道地球在这儿，爸爸在这儿。
她说“爸爸”，声音也是梦一般的，
然后又不说话了，继续在床上蹦蹦跳跳，
仿佛爸爸是她自己的脑袋，
隔一会儿就要摸摸还在不在，
或者像一杯水，渴了喝它一口又放回原处。
“爸爸，”这回她悄悄给我一个吻，
并且知道我会感到幸福——她目光比我还敏捷——
“爸爸，”她说，“咱们去公园玩好吗？”
迷人的光辉，甜蜜的微笑，梦一般的声音，
灵魂终于降落在身上，但立即又要起飞，
“好啊。”我说，我怎么好意思拒绝呢，
我这个幸福的爸爸。

黄灿然，1963年生，福建泉州人，当代诗人。著有诗集《十年诗选》《世界的隐喻》和《游泳池畔的冥想》等。

153.面朝大海，春暖花开

海　子

从明天起，做一个幸福的人
喂马，劈柴，周游世界
从明天起，关心粮食和蔬菜
我有一所房子，面朝大海，春暖花开

从明天起，和每一个亲人通信
告诉他们我的幸福
那幸福的闪电告诉我的
我将告诉每一个人

给每一条河每一座山取一个温暖的名字
陌生人，我也为你祝福
愿你有一个灿烂的前程
愿你有情人终成眷属
愿你在尘世获得幸福
我只愿面朝大海，春暖花开

海子（1964—1989），原名查海生，安徽怀宁人，当代诗人。代表作品有《面朝大海，春暖花开》《五月的麦地》《四姐妹》。

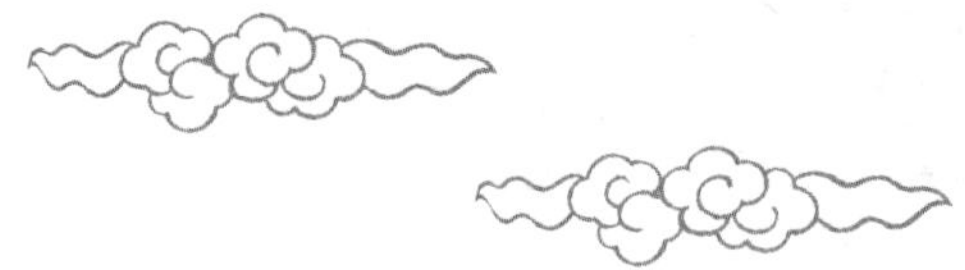

154.亚洲铜

海　子

亚洲铜，亚洲铜
祖父死在这里，父亲死在这里，我也会死在这里
你是唯一的一块埋人的地方

亚洲铜，亚洲铜
爱怀疑和爱飞翔的是鸟，淹没一切的是海水
你的主人却是青草，住在自己细小的腰上，
守住野花的手掌和秘密

亚洲铜，亚洲铜
看见了吗？那两只白鸽子
它是屈原遗落在沙滩上的白鞋子
让我们——我们和河流一起，穿上它吧

亚洲铜，亚洲铜
击鼓之后，我们把在黑暗中跳舞的心脏叫作月亮
这月亮主要由你构成

1984年10月

155.祖国（或以梦为马）

海　子

我要做远方的忠诚的儿子
和物质的短暂情人
和所有以梦为马的诗人一样
我不得不和烈士和小丑走在同一道路上

万人都要将火熄灭，我一人独将此火高高举起
此火为大，开花落英于神圣的祖国
和所有以梦为马的诗人一样
我借此火得度一生的茫茫黑夜

此火为大，祖国的语言和乱石投筑的梁山城寨
以梦为上的敦煌——那七月也会寒冷的骨骼
如雪白的柴和坚硬的条条白雪，横放在众神之山
和所有以梦为马的诗人一样
我投入此火，这三者是囚禁我的灯盏吐出光辉

万人都要从我刀口走过，去建筑祖国的语言
我甘愿一切从头开始
和所有以梦为马的诗人一样
我也愿将牢底坐穿

众神创造物中只有我最易朽，带着不可抗拒的死亡的速度
只有粮食是我珍爱，我将她紧紧抱住
抱住她在故乡生儿育女

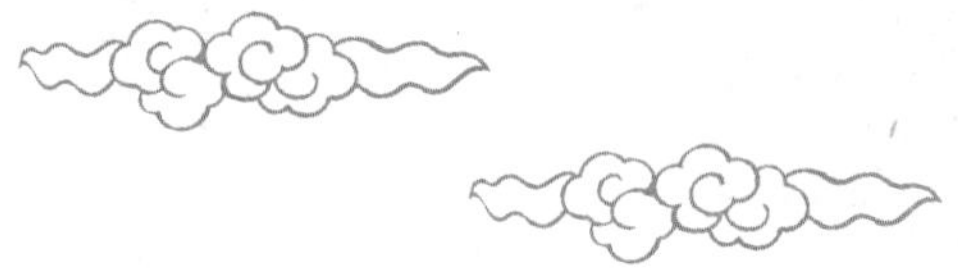

和所有以梦为马的诗人一样
我也愿将自己埋葬在四周高高的山上
守望平静的家园

面对大河我无限惭愧
我年华虚度，空有一身疲倦
和所有以梦为马的诗人一样
岁月易逝，一滴不剩，水滴中有一匹马儿一命归天

千年后如若我再生于祖国的河岸
千年后我再次拥有中国的稻田
和周天子的雪山，天马踢踏
和所有以梦为马的诗人一样
我选择永恒的事业

我的事业，就是要成为太阳的一生
他从古至今——“日”——他无比辉煌无比光明
和所有以梦为马的诗人一样
最后我被黄昏的众神抬入不朽的太阳

太阳是我的名字
太阳是我的一生
太阳的山顶埋葬，诗歌的尸体——千年王国和我
骑着五千年凤凰和名字叫“马”的龙——我必将失败
但诗歌本身以太阳必将胜利

156.饮九月初九的酒

潘洗尘

千里之外，九月初九的炊烟
是一缕绵绵的乡愁
挥也挥不去，载也载不动
我看见儿时的土炕，和半个世纪的谣曲
还挂在母亲干瘪的嘴角
摇也摇不动的摇篮，摇我睡去
摇我醒来
我一千次一万次地凝视
母亲，你的眉头深锁是生我时的喜
你的眉头深锁是生我时的忧

千里之外，九月初九的炊烟
是一群不归的候鸟
栖在满地枯叶的枝头
我看见遍野的金黄，和半个世纪的老茧
都凝在父亲的手上
三十年了，总是在长子的生日
饮一杯朴素的期待
九月初九的酒，入九月初九老父的愁肠

愁，愁老父破碎的月光满怀
愁，愁老母零乱的白发满头

饮九月初九的酒
饮一缕绵绵的乡愁

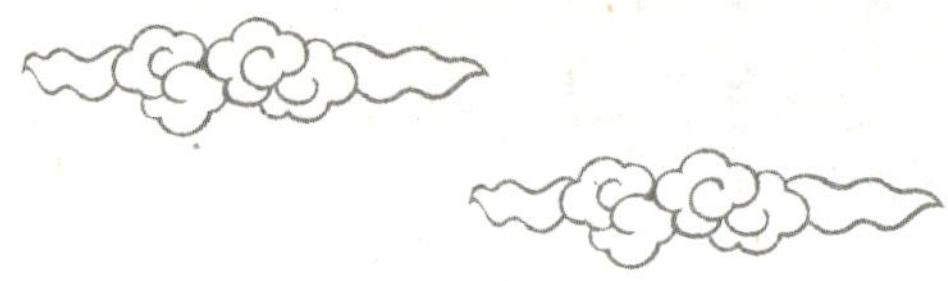

饮一轮明明灭灭的新月
圆也中秋
缺也中秋

潘洗尘，1964年生，黑龙江肇源人，当代诗人。代表作品有《饮九月初九的酒》《六月我们看海去》。

157.看见

荣 荣

我看见自己在打一场比赛
来回奔跑
一次次接发自己的球
也一次次愉快地失手

没有人替我助攻
也没有谁站在我的对面
就像许多回不假思索地转身
看见我把自己拎在手中

那总是些情绪激扬的梦
我穿着中性的衣服
羞于确认自己还是女人
我不会再被谁带走
也不会再被谁丢弃

我无法停下来
我发现幸福就是一只球
我要独个儿把它玩转

荣荣，1964年生，原名褚佩荣，浙江宁波人，当代女诗人，有诗集《像我的亲人》《看见》等。

158.星期天夜间的事件

伊 沙

此刻的上帝
抱着他优美的大脚丫
在剪着趾甲

此刻在天堂之下
我已酣然睡去

哦！上帝
为人类的拯救操劳
只是比我睡眠更少

今天他休假
抱着大脚丫
剪趾甲

剪掉的趾甲
月牙般纷纷落下

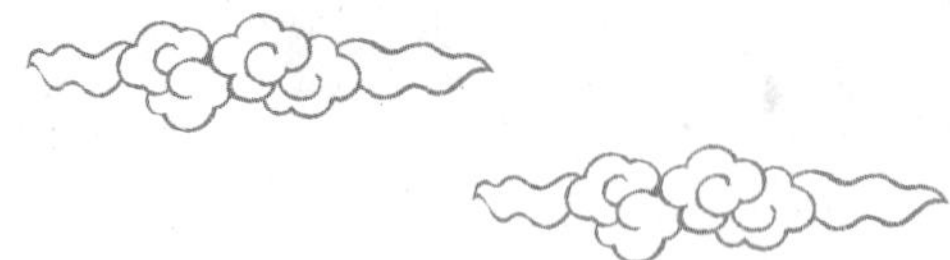

一枚巨大的弹片
穿透我的屋顶

此刻在天堂之下
遭劫的房屋
另有九处

伊沙，1966年生，原名吴文健，四川成都人，当代诗人。著有诗集《饿死诗人》《伊沙这个鬼》《我的英雄》。

159.又近清明

歌　兰

父亲，睡了那么久
你朝下的手掌，能否
在我回乡的足音中慢慢翻转？

已是清明
杜鹃花灿若星辰
父亲的坟茔
如一枚楔子钉在山腰
一座无名小荒山
因此巍然
却是我一生也拔不出的疼

歌兰，1966年生，本名洪兰花，安徽省怀宁县人，当代女诗人。

160.世代如落叶（选自《伊利亚特》）

[古希腊]荷马

豪迈的狄奥墨得斯，你何必问我的家世？
正如树叶荣枯，人类的世代也如此，
秋风将枯叶撒落一地，春天来到
林中又会滋发许多新的绿叶，
人类也如是，一代出生一代凋谢。

注：特洛伊大将格劳科斯与希腊大将狄奥墨得斯交战之前互相喊话，狄奥墨得斯问起格劳科斯家世，格劳科斯在叙述自身家世前，说了以上几句话，作为开场。

荷马（约前9世纪—前8世纪），古希腊游吟诗人。代表作品为《荷马史诗》。

161.爱是亘古长明的灯塔

[英]莎士比亚

我绝不承认两颗真心的结合
会有任何障碍；
爱算不得真爱，
若是一看见人家改变便转舵，

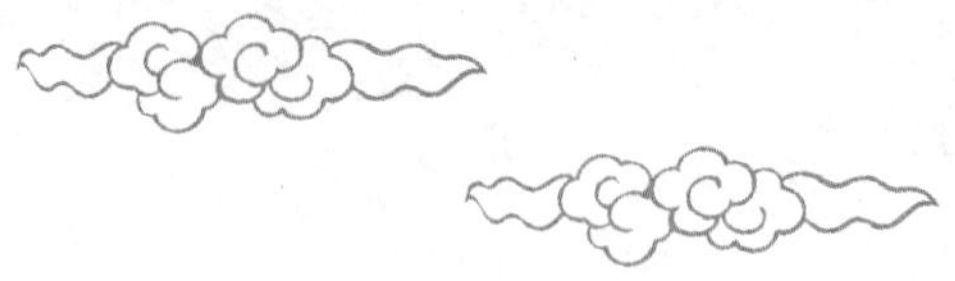

或是一看见人家转弯便离开。
哦，决不！爱是亘古长明的灯塔，
它定睛望着风暴却兀不为动；
爱又是指引迷舟的一颗恒星，
你可量它多高，它所值却无穷。
爱不受时光的拨弄，尽管红颜
和皓齿难免遭受时光的毒手；
爱并不因瞬息的改变而改变，
它巍然矗立直到末日的尽头。
我这话若说错，并被证明不确，
就算我没写诗，也没人真爱过。

莎士比亚（1564—1616），英国文艺复兴时期剧作家、诗人。代表作品有《哈姆雷特》《奥赛罗》《李尔王》《麦克白》。

162.末日审判

[英]斯威夫特

袭来一阵旋风般的思绪，
我的心从梦境中慢慢沉息。
瞬间一幅可怕的景象紧攫脑门，
我望见坟放出了里边的死人，
满脸震怒的上帝在云端露面，
刹那间雷声大作，电光飞闪！
世人惊恐万状，深感茫然。

伏下颤抖的身子在上帝面前，
低搭着头颅，苍白无色的脸。
只听上帝摇着天宇，发出胜言：
“好惹是生非的讨厌的世人，
谈不上天性理智和学问；
畏缩不前的行为，内心怯弱，
却性傲不拘，从不肯认错；
你们一生中丢尽了脸面，
却来这里观看别人受审判；
（有人这样告诉过你们，但是他们也同样不明白上天的旨意。）
这发疯的世界已告结束，
我也不再计较你们过去的糊涂。
要我来为这种蠢物耗费精神，
把你们审判——算了，去吧，小人！”

斯威夫特（1667—1745），英国启蒙作家。代表作有《格列佛游记》。

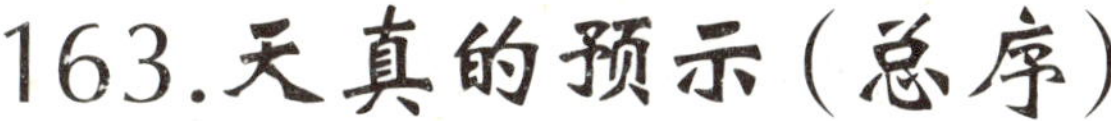

163.天真的预示（总序）

[英]布莱克

一颗沙里看出一个世界，
一朵野花里一座天堂，
把无限放在你的手掌上，
永恒在一刹那里收藏。

布莱克（1757—1827），英国浪漫主义诗人。代表诗歌有《天真之歌》《经验之歌》。

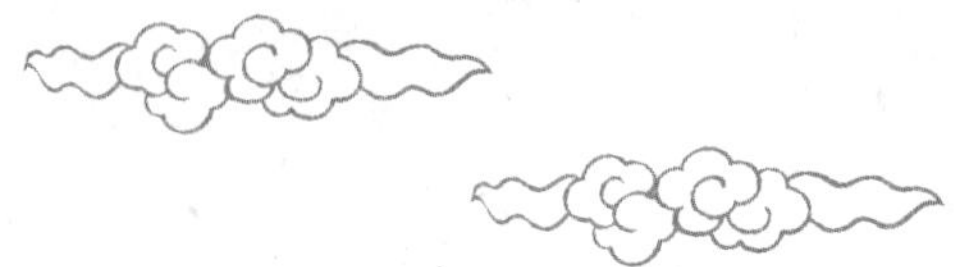

164.老虎

[英]布莱克

老虎！老虎！火一样辉煌，
烧穿了黑夜的森林和草莽
什么样非凡的手和眼睛
能塑造你一身惊人惊人的匀称？

什么样遥远的海底、天边
烧出了做你眼睛的火焰？
靠什么翅膀他胆敢凌空？
凭什么铁掌敢抓住火种？

什么样功夫，什么样胳膊，
拗得成你五脏六腑的筋络？
等到你的心一开始蹦跳，
什么样惊心动魄的手脚？

什么样铁链？什么样铁锤？
什么样熔炉里炼你的脑髓？
什么样铁砧？什么样猛劲
一下子掐住了骇人的雷霆？

到临了，星星扔下了金枪，
千万滴眼泪洒遍了穹苍，
完工了再看看，他可会笑笑？
不就是造羊的把你也造了？

老虎！老虎！火一样辉煌，
烧穿了黑夜的森林和草莽，
什么样非凡的手和眼睛
敢塑造你一身惊人的匀称？

165.往昔的时光

[英]彭斯

老朋友哪能遗忘，
哪能不放在心上？
老朋友哪能遗忘，
还有往昔的时光？

为了往昔的时光，老朋友，
为了往昔的时光，
再干一杯友情的酒，
为了往昔的时光，
你来痛饮一大杯，
我也买酒来相陪。
干一杯友情的酒又何妨？
为了往昔的时光，
我们曾遨游山岗，
到处将野花拜访。
但以后走上疲惫的旅程，
逝去了往昔的时光！

我们曾赤脚趟过河流，
水声笑语里将时间忘。
如今大海的怒涛把我们隔开，
逝去了往昔的时光！

忠实的老友，伸出你的手，
让我们握手聚一堂，
再来痛饮一杯欢乐酒，
为了往昔的时光！

罗伯特·彭斯（1759—1796），苏格兰诗人。著有诗集《苏格兰方言诗集》等。

166.西风颂

[英]雪莱

一

哦，狂暴的西风，秋之生命的呼吸！
你无形，但枯死的落叶被你横扫，
有如鬼魅碰到了巫师，纷纷逃避：

黄的，黑的，灰的，红得像患肺痨，
啊，重染疫疠的一群：西风啊，是你
以车驾把有翼的种子催送到

黑暗的冬床上，它们就躺在那里，
像是墓中的死穴，冰冷，深藏，低贱，
直等到春天，你碧空的姊妹吹起

她的喇叭，在沉睡的大地上响遍，
（唤出嫩芽，像羊群一样，觅食空中）
将色和香充满了山峰和平原。

不羁的精灵啊，你无处不远行；
破坏者兼保护者：听吧，你且聆听！

二

没入你的急流，当高空一片混乱，
流云像大地的枯叶一样被撕扯
脱离天空和海洋的纠缠的枝干。

成为雨和电的使者：它们飘落
在你的磅礴之气的蔚蓝的波面，
有如狂女的飘扬的头发在闪烁，

从天穹的最遥远而模糊的边沿
直抵九霄的中天，到处都在摇曳
欲来雷雨的卷发，对濒死的一年

你唱出了葬歌，而这密集的黑夜
将成为它广大墓陵的一座圆顶，
里面正有你的万钧之力的凝结；

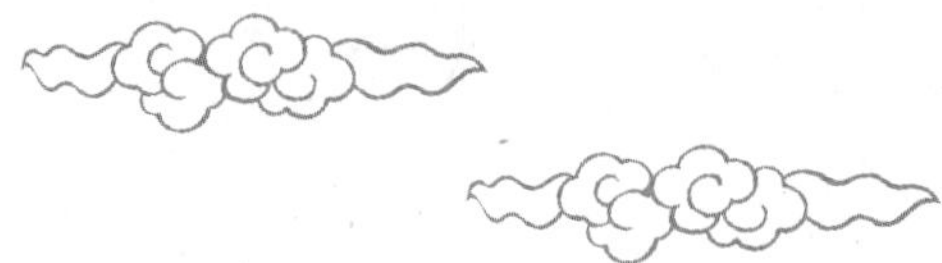

那是你的浑然之气，从它会迸涌
黑色的雨，冰雹和火焰：哦，你听！

三

是你，你将蓝色的地中海唤醒，
而它曾经昏睡了一整个夏天，
被澄彻水流的回旋催眠入梦，

就在巴亚海湾的一个浮石岛边，
它梦见了古老的宫殿和楼阁
在水天辉映的波影里抖颤，

而且都生满青苔、开满花朵，
那芬芳真迷人欲醉！啊，为了给你
让一条路，大西洋的汹涌的浪波

把自己向两边劈开，而深在渊底
那海洋中的花草和泥污的森林
虽然枝叶扶疏，却没有精力：
听到你的声音，它们已吓得发青：
一边颤栗，一边自动萎缩：哦，你听！

四

唉，假如我是一片枯叶被你浮起，
假如我是能和你飞跑的云雾，
是一个波浪，和你的威力同喘息，

假如我分有你的脉搏，仅仅不如
你那么自由，哦，无法约束的生命！
假如我能像在少年时，凌风而舞

便成了你的伴侣，悠游于天空
（因为啊，那时候，要想追你上云霄，
似乎并非梦幻），我就不致像如今

这样焦躁地要和你争相祈祷。
哦，举起我吧，当我是水波、树叶、浮云！
我跌在生活底荆棘上，我流血了！

这被岁月的重轭所制伏的生命
原是和你一样：骄傲、轻捷而不驯。

五

把我当作你的竖琴吧，有如树林：
尽管我的叶落了，那有什么关系！
你巨大的合奏所振起的音乐

将染有树林和我的深邃的秋意：
虽忧伤而甜蜜。啊，但愿你给予我
狂暴的精神！奋勇者啊，让我们合一！

请把我枯死的思想向世界吹落，
让它像枯叶一样促成新的生命！
哦，请听从这一篇符咒似的诗歌，

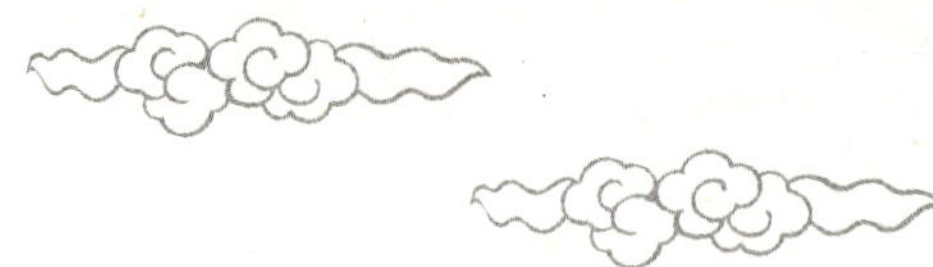

就把我的话语，像是灰烬和火星
从还未熄灭的炉火向人间播散！
让预言的喇叭通过我的嘴唇
把昏睡的大地唤醒吧！要是冬天
已经来了，西风啊，春日怎能遥远？

雪莱（1792—1822），英国浪漫主义诗人。代表作品有《解放了的普罗米修斯》《西风颂》《云》《致云雀》。

167.当你老了

[爱尔兰]叶芝

当你老了，头发花白，睡意沉沉，
倦坐在炉边，取下这本书来，
慢慢读着，追梦当年的眼神。
你那柔美的神采与深幽的晕影。

多少人爱过你昙花一现的身影，
爱过你的美貌，以虚伪或真情，
惟独一人曾爱你那朝圣者的心，
爱你哀戚的脸上岁月的留痕。

在炉罩边低眉弯腰，
忧戚沉思，喃喃而语，
爱情是怎样逝去，又怎样步上群山，
怎样在繁星之间藏住了脸。

威廉·巴特勒·叶芝（1865—1939），爱尔兰诗人、剧作家。主要诗集有《库尔湖上的野天鹅》《迈可·罗拔兹与舞者》《塔楼》《回梯与其他诗作》等。

168.驶向拜占庭

[爱尔兰]叶芝

一

那地方可不是老人们待的。青年人
互相拥抱着，树上的鸟类
——那些垂死的世代——在歌吟。
有鲑鱼的瀑布，有鲭鱼的大海，
鱼、肉、禽整个夏天都赞扬不停
一切被养育、降生和死亡者。
他们都迷恋于种种肉感的音乐，
忽视了不朽的理性的杰作。

二

一个老年人不过是卑微的物品，
披在一根拐杖上的破衣裳，
除非是他那颗灵魂拍手来歌吟，
为人世衣衫的破烂而大唱；
世界上没什么音乐院校不诵吟

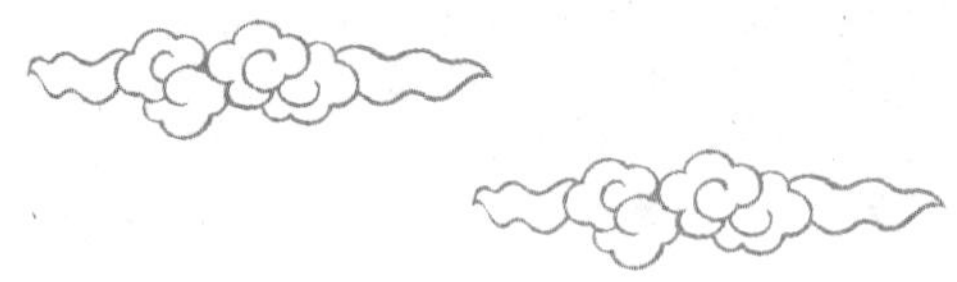

自己的辉煌的里程碑作品，
因此上我驶过汪洋和大海万顷，
来到了这一个圣城拜占庭。

三

啊，上帝圣火中站立的圣徒们，
如墙上金色的镶嵌砖所显示，
请走出圣火来，参加旋体的运行，
成为教我灵魂歌唱的导师。
销毁掉我的心，它执迷于六欲七情，
捆绑在垂死的动物身上而不知！
它自己的本性；请求你把我收进
那永恒不朽的手工艺精品。

四

一旦我超脱了自然，我再也不要
从任何自然物取得体形，
而是要古希腊时代金匠所铸造，
锻金的和镀金那样的体形，
使那个昏昏欲睡的皇帝清醒；
或把我放在那金枝上歌吟，
歌唱那过去和未来或者是当今，
唱给拜占庭的老爷太太听。

169.孩子们的歌

[英]R.S.托马斯

我们活在自己的世界，
这世界太小了，
你们弯腰也进不来，
即便是手脚并用。
你们成年人惯用的小伎俩，

就算用善于分析的目光，
搜寻和试探，
就算用顽皮的表情，
偷听我们的谈话，
你们还是找不到那个中心。

在那里，我们跳舞，我们玩耍，
紧闭的花蕾下，
光滑的蛋壳下，
生命仍在酣睡，
杯子一样的鸟窝里，
鸟蛋泛着灰蓝色，
你们那遥远的天堂的颜色。

R.S.托马斯（1913—2000），英国诗人。著有诗集《田间石头》《岁末之歌》《晚餐诗》等。

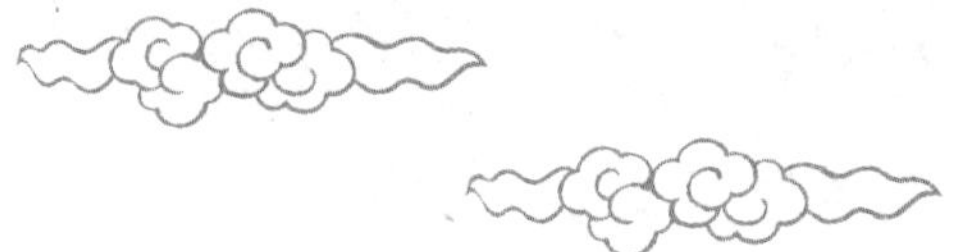

170.秋日

[英]R.S.托马斯

少有这样的天气，
没有风，残留的叶子
点缀着枝头，
为树干编织
金黄的袖口；一只鸟儿
在镜子般的草地上梳理羽毛。
暂时抛开一天的繁杂，
抬起头来，在心里摄下
这明亮的一刻，漫长寒冬里
用它，来温暖自己。

171.致大海

[俄]普希金

再见吧，自由奔放的大海！
这是你最后一次在我的眼前，
翻滚着蔚蓝色的波浪，
和闪耀着娇美的容光。

好像是朋友忧郁的怨诉，
好像是他在临别时的呼唤，
我最后一次在倾听
你悲哀的喧响，你召唤的喧响。

你是我心灵的愿望之所在呀！
我时常沿着你的岸旁，
一个人静悄悄地、茫然地徘徊，
还因为那个隐秘的愿望而苦恼心伤！

我多么热爱你的回音，
热爱你阴沉的声调，你的深渊的音响，
还有那黄昏时分的寂静，
和那反复无常的激情！

渔夫们的温顺的风帆，
靠了你的任性的保护，
在波涛之间勇敢地飞航；
但当你汹涌起来而无法控制时，
大群的船只就会覆亡。

我曾想永远地离开
你这寂寞和静止不动的海岸，
怀着狂欢之情祝贺你，
并任我的诗歌顺着你的波涛奔向远方，
但是我却未能如愿以偿！

你等待着，你召唤着……而我却被束缚住；
我的心灵的挣扎完全归于枉然：
我被一种强烈的热情所魅惑，
使我留在你的岸旁……

有什么好怜惜呢？现在哪儿
才是我要奔向的无忧无虑的路径？

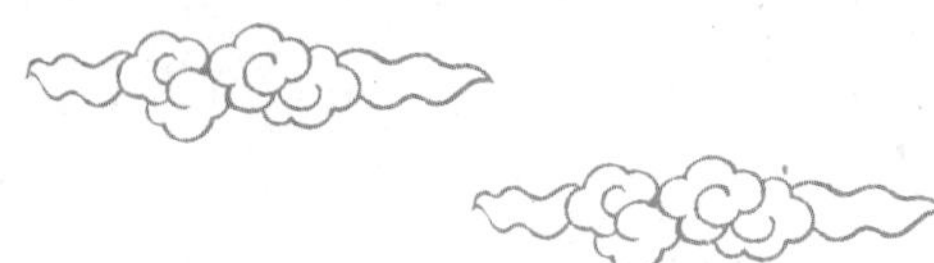

在你的荒漠之中，有一样东西
它曾使我的心灵为之震惊。

那是一处峭岩，一座光荣的坟墓……
在那儿，沉浸在寒冷的睡梦中的，
是一些威严的回忆：
拿破仑就在那儿消亡。

在那儿，他长眠在苦难之中。
而紧跟他之后，正像风暴的喧响一样，
另一个天才，又飞离我们而去，
他是我们思想上的另一位君王。

为自由之神所悲泣着的歌者消失了，
他把自己的桂冠留在世上。
阴恶的天气喧腾起来吧，激荡起来吧：
哦，大海呀，是他曾经将你歌唱。

你的形象反映在他的身上，
他是用你的精神塑造成长：
正像你一样，他威严、深远而阴沉，
正像你一样，什么都不能使他屈服投降。

世界空虚了，大海呀，
你现在要把我带到什么地方？
人们的命运到处都是一样：
凡是有着幸福的地方，那儿早就有人在守卫：
或许是开明的贤者，或许是暴虐的君王。

哦，再见吧，大海！
我永不会忘记你庄严的容光，
我将长久地，长久地
倾听你在黄昏时分的轰响。

我整个心灵充满了你，
我要把你的峭岩，你的海湾，
你的闪光，你的阴影，还有絮语的波浪，
带进森林，带到那静寂的荒漠之乡。

普希金（1799—1837），俄国诗人。代表作品有《叶甫盖尼·奥涅金》《鲍里斯·戈杜诺夫》《黑桃皇后》。

学生版

172.假如生活欺骗了你

[俄]普希金

假如生活欺骗了你，
不要悲伤，不要心急！
忧郁的日子里需要镇静：
相信吧，快乐的日子将会来临。

心儿永远向往着未来；
现在却常是忧郁。
一切都是瞬息，一切都将会过去；
而那过去了的，就会成为亲切的怀恋。

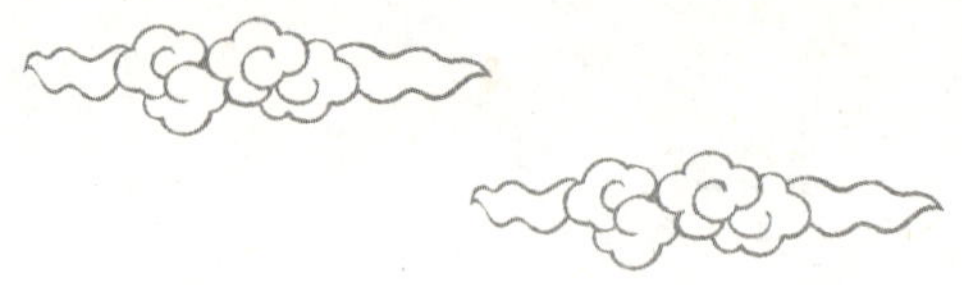

173.我曾经爱过你

[俄]普希金

我曾经爱过你：爱情，也许
在我的心灵里还没有完全消亡，
但愿它不会再打扰你，
我也不想再使你难过悲伤。
我曾经默默无语、毫无指望地爱过你，
我既忍受着羞怯，又忍受着嫉妒的折磨，
我曾经那样真诚、那样温柔地爱过你，
但愿上帝保佑你，
另一个人也会像我一样地爱你。

174.祖国

[俄]莱蒙托夫

我爱祖国，但用的是奇异的爱情！
连我的理智也不能把它制胜。
无论是鲜血换来的光荣，
无论是充满了高傲的虔信的宁静，
无论是那远古时代的神圣的传言，
都不能激起我心中慰藉的幻梦。
但我爱——我不知道为什么——

它那草原上凄清冷漠的沉静，
它那随风晃动的无尽的森林，
它那大海似的汹涌的河水的奔腾；
我爱乘着车奔上那村落间的小路，
用缓慢的目光透过那苍茫的夜色，
惦念着自己夜间的宿地，迎接着
道路旁荒村中那点点颤抖的灯光。

我爱那野火冒起的轻烟，
草原上过夜的大队车马，
苍黄的田野中小山头上，
那一对闪着微光的白桦。
我怀着人所不知的快乐，
望着堆满谷物的打谷场，
覆盖着稻草的农家草房，
镶嵌着浮雕窗板的小窗；
而在有露水的节日夜晚，
在那醉酒的农人笑谈中，
观看那伴着口哨的舞蹈，
我可以直看到夜半更深。

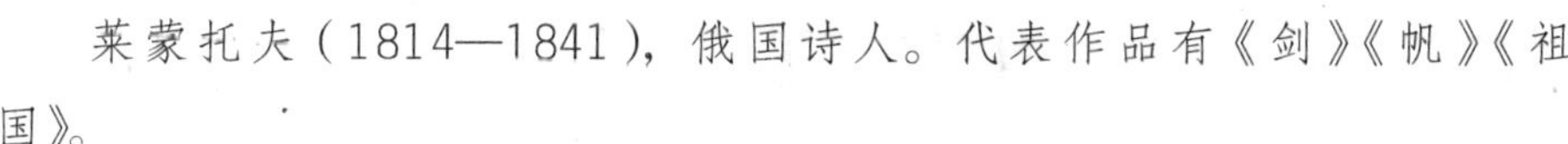

莱蒙托夫（1814—1841），俄国诗人。代表作品有《剑》《帆》《祖国》。

175.帆

[俄]莱蒙托夫

蔚蓝的海面雾霭茫茫，
孤独的帆儿闪着白光！……
它到遥远的异地寻找着什么，
它把什么抛在了故乡？……

呼啸的海风翻卷着波浪，
桅杆弓着腰在嘎吱作响……
唉！它不是要寻找幸福，
也不是逃避幸福的乐疆！

下面涌着清澈的碧波，
上面洒着金色的阳光……
不安分的帆儿却祈求风暴，
仿佛风暴里有宁静之邦！

176.祖国土

[俄]阿赫玛托娃

我们不用护身香囊把它带在胸口，
也不用激情的诗为它放声痛哭，
它不给我们苦味的梦增添苦楚，
它也不像是上帝许给的天国乐土。

我们心中不知它的价值何在，
我们也没想拿它来进行买卖，
我们在它上面默默受难、遭灾，
我们甚至从不记起它的存在。
是的，对我们，这是套鞋上的污泥，
是的，对我们，这是牙齿间的沙砾，
我们把它践踏蹂躏，磨成齑粉
这多余的，哪儿都用不着的灰尘！
但我们都躺进它怀里，和它化为一体，
因此才不拘礼节地称呼它：“自己的土地。”

安娜·安德烈耶夫娜·阿赫玛托娃(1889—1966)，俄国诗人。著有诗集《黄昏》《念珠》《车前草》和长诗《没有主人公的叙事诗》《安魂曲》等。

学生版

177.林中雪地的寂静中

[俄]曼德尔施塔姆

林中雪地的寂静中
回响着你脚步的音乐声。

就像缓缓飘移的幽灵，
你来到冬日的严寒中。

隆冬像暗夜一样，
将穗状的雪串挂在树上。

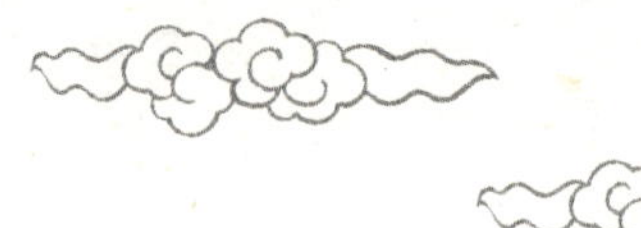

栖息在树枝上的渡鸦，
一生见过许多事情。

那翻卷的浪花
渐渐在梦中形成。

它富有灵感而又有忘我精神，
正要打碎刚刚冻结的薄冰。

在寂静中心灵已经成熟，
这薄冰来自我的心灵。

奥西普·埃米尔耶维奇·曼德尔施塔姆（1891—1938），俄国诗人、散文家、诗歌理论家。著有诗集《石头》《特里斯提亚》《悲伤》等。

178.我在石板上写

——给谢·埃[①]

[俄]茨维塔耶娃

我在石板上写，
在褪色的扇页上写，
在河滩上写，在海滩上写，
用冰鞋在冰上写，用戒指在玻璃上写，

在经历了数百个冬天的树干上写……
最后，为了叫大家都知道：

我爱你！爱你！爱你！爱你！
我用天上的彩虹尽情地写。

我多么希望每个人都受我抚爱，
和我一起永远鲜花一样开放！
而后来，我把头俯在桌上，
把名字一个一个地勾去。

可是你，被紧紧握在我这个出卖灵魂的作家手里！②
你螫痛着我的心！
你没有被我出卖！你在我的指环里面③，
你安然无恙，刻在我心底的碑上！

注：①谢·埃：作者的丈夫。②旧时，俄国一部分贵族认为，作家投稿换取稿费是出卖灵魂。③在妻子的订婚戒指里面，刻有丈夫的名字和结婚日期。

茨维塔耶娃（1892—1941），俄国女诗人。代表作品有《里程碑》《魔灯》。

179.我的大都市里一片黑夜

[俄]茨维塔耶娃

我的大都市里一片黑——夜。
我从昏沉的屋里走上——街。
人们想的是：妻，女，——
而我只记得一个字：夜。

为我扫街的是七月的——风。
谁家窗口隐约传来音乐——声。

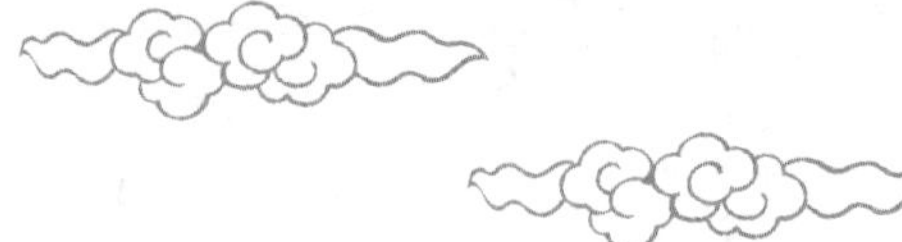

啊，通宵吹到天明吧——风，
透过薄薄胸壁吹进我——胸。

一棵黑杨树，窗内是灯——火，
钟楼上钟声，手里小花——朵，
脚步啊，并没跟随哪一——个，
我是个影子，其实没有——我。

金灿灿念珠似的一串——灯，
夜的树叶味儿在嘴里——溶。
松开吧，松开白昼的——绳。
朋友们，我走进你们的——梦。

180.像这样细细地听（节选）

[俄]茨维塔耶娃

像这样细细地听，如河口
凝神倾听自己的源头。
像这样深深地嗅，嗅一朵
小花，直到知觉化为乌有。

像这样，在蔚蓝的空气里
溶进了无底的渴望。
像这样，在床单的蔚蓝里
孩子遥望记忆的远方。

像这样，莲花般的少年
默默体验血的温泉。
……就像这样，与爱情相恋
就像这样，落入深渊。

181.开会迷

[俄]马雅可夫斯基

每天，当黑夜刚刚化为黎明，
我就看见：
有人去总署，
有人去委员会，
有人去政治部，
有人去教育部，
人们都纷纷去上班。

刚一走进房里，
公文就雨点儿似的飞来：
匆匆挑出五十来份，
（份份都是特急件！）
职员们分头去开会。

我找上了门：
“今天总该接见了吧？
我来了多少趟，已经数不清！”
“伊凡·凡内奇同志开会去了，

研究戏剧处和饲马局的合并。”

爬了整整一百层楼梯，
心中厌烦透了！
但答复仍然是：
“让你一小时后再来，
现在正在开会，
议题是省合作总社
打算买一瓶墨水。”

过了一小时再去，——
既找不到男秘书，
也找不到女秘书，
剩下的只有空气！
二十二岁以下的人
统统在开共青团会议。

眼看天色快断黑，
我又爬到七层楼上去：
“伊凡·凡内奇有没有回？”
“他正在出席
甲、乙、丙、丁、戊、己、庚、辛委员会。”

我大发雷霆，
像火山爆发，
我冲进会场，
一路上喷出野蛮的咒骂。
我看见：会议桌旁
坐着的全是半截子的人。

啊呀呀，见鬼啦！
还有半截子在哪呀？
“砍人了！
杀人了！”
我东奔西窜，大叫大喊，
被恐怖景象吓得精神错乱。
忽听得秘书给我解释，
他的语气极其平淡：
“他们同时要参加两个会。
一天之内
起码要赶二十个会议。
不得不采用分身法——
上半身在这里，
下半身在那里。”

我激动得一夜睡不安生。
到了早晨，
我抱着希望迎接新的黎明：
“啊，但愿能
再召开
一次会议，
专门讨论
把一切会议扫除干净！”

马雅可夫斯基（1893—1930），俄国诗人。代表作品是长诗《列宁》。

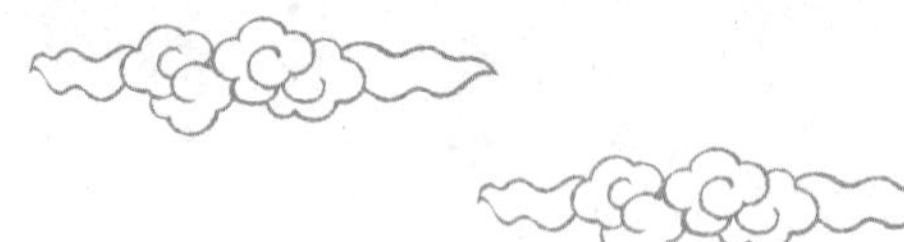

182. 二月

[苏]帕斯捷尔纳克

二月。墨水足够用来痛哭！
大放悲声抒写二月，
一直到轰响的泥泞
燃起黑色的春天。

用六十戈比，雇辆轻便马车，
穿过恭敬，穿过车轮的呼声，
迅速赶到那暴雨的喧嚣
盖过墨水和泪水的地方。

在那儿，像梨子被烧焦一样，
成千的白嘴鸦
从树上落下水洼，
干枯的忧愁沉入眼底。

水洼下，雪融化处泛着黑色，
风被呼声翻遍，
越是偶然，就越真实，
并被痛哭着编成诗章。

鲍利斯·列奥尼多维奇·帕斯捷尔纳克（1890—1960），苏联作家、诗人、翻译家。著有诗集《云雾中的双子星座》《在街垒之上》《生活啊，我的姐妹》《主题和变调》等。

183.给母亲的信

[苏]叶赛宁

你平安吧，我的老母亲？
我也挺好，我祝你安康！
愿你小屋的上空常常漾起
那无法描绘的薄暮的光亮。

来信常说你痛苦不安，
深深地为着我忧伤，
你穿着破旧的短袄，
常到大路上翘首远望。

每当那苍茫的黄昏来临，
你眼前总浮现一种景象：
仿佛有人在酒馆斗殴中
把芬兰刀捅进我的心房。

不会的，我的亲娘！放心吧！
这只是揪心的幻梦一场。
我还不是那样的酒鬼：
不见你一面就丧命身亡。

我依旧是那样温柔，
心里只怀着一个愿望：
尽快地甩开那恼人的惆怅，
回到我们那所低矮的小房。

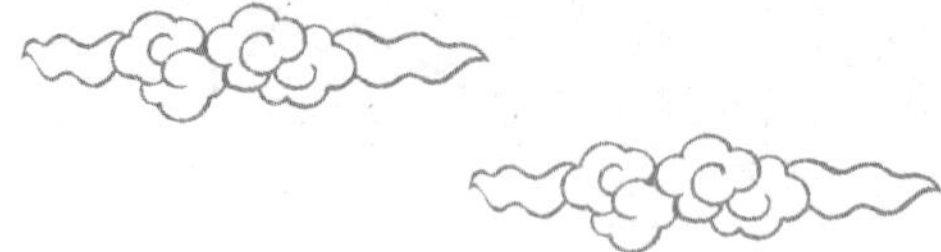

我会回来的，当春回大地，
我们白色的花园枝叶绽放，
只是你不要像八年前那样，
在黎明时分就唤醒我起床。

不要唤醒我那旧日的美梦，
不要为我未遂的宏愿沮丧，
因为我平生已经领略过
那过早的疲倦与创伤。

不要教我祈祷，不必了！
重温旧梦已没有希望。
唯有你是我的救星和慰藉，
唯有你是我无法描绘的光亮。

你就忘掉痛苦不安吧，
不要为我深深地忧伤，
切莫穿着破旧的短袄，
常到大路上翘首远望。

叶赛宁（1895—1925），苏联田园派诗人。代表作品有《白桦》《莫斯科酒馆之音》《安娜·斯涅金娜》等。

184.我沿着初雪漫步

[苏]叶赛宁

我沿着初雪漫步，
心中的力量勃发像怒放的铃兰，
在我的道路上空，夜晚
把蓝色小蜡烛般的星星点燃。

我不知道那是光明还是黑暗？
密林中是风在唱还是公鸡在啼？
也许田野上并不是冬天，
而是许多天鹅落到了草地。

啊，白色的镜面的大地，你多美！
微微的寒意使我血液沸腾！
多么想让我那炽热的身体，
去紧贴白桦袒露的胸襟。

啊，森林的郁郁葱葱的浑浊！
啊，白雪覆盖的原野的惬意！
多想在柳树的枝杈上，
也嫁接上我的两只手臂。

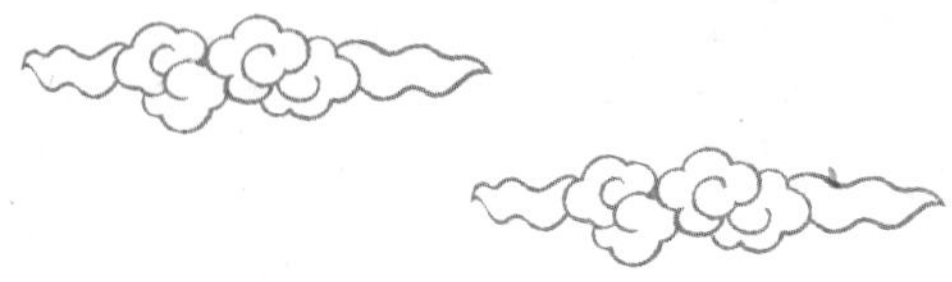

185.等着我吧……

——献给B.C

[苏]西蒙诺夫

等着我吧——我会回来的。
只是要你苦苦地等待，
等到那愁煞人的阴雨
勾起你忧伤满怀，
等到那大雪纷飞，
等到那酷暑难挨，
等到别人不再把亲人盼望，
往昔的一切，一股脑儿抛开。
等到那遥远的家乡
不再有家书传来，
等到一起等待的人
心灰意懒——都已倦怠。

等着我吧——我会回来的。
不要祝福那些人平安：
他们口口声声地说——
算了吧，等下去也是枉然！
纵然爱子和慈母认为——
我已不在人间，
纵然朋友们等得厌倦，
在炉火旁围坐，
啜饮苦酒，把亡魂追荐……
你可要等下去啊！
千万不要同他们一起

忙着举起酒盏。
等着我吧——我会回来的。
死神一次次被我挫败！
就让那不曾等待我的人
说我侥幸——感到意外！
那没有等下去的人不会理解——
亏了你的苦苦等待，
在炮火连天的战场上，
在死神手中，是你把我拯救出来。
我是怎样死里逃生的，
只有你和我两个人明白——
只因为你同别人不一样，
你善于苦苦地等待。

西蒙诺夫（1915—1979），苏联作家、诗人。代表作品有《等着我吧……》《蜡烛》。

186.雨天

[印度]泰戈尔

乌云很快地集拢在森林的黝黑的边缘上。
孩子，不要出去呀！
湖边的一行棕树，向暝暗的天空撞着头；羽毛零乱的乌鸦，静悄悄地栖在罗望子的枝上，河的东岸正被乌沉沉的暝色所侵袭。

我们的牛系在篱上，高声鸣叫。
孩子，在这里等着，等我先把牛牵进牛棚里去。
许多人都挤在池水泛溢的田间，捉那从泛溢的池中逃出来的鱼儿，雨水成了

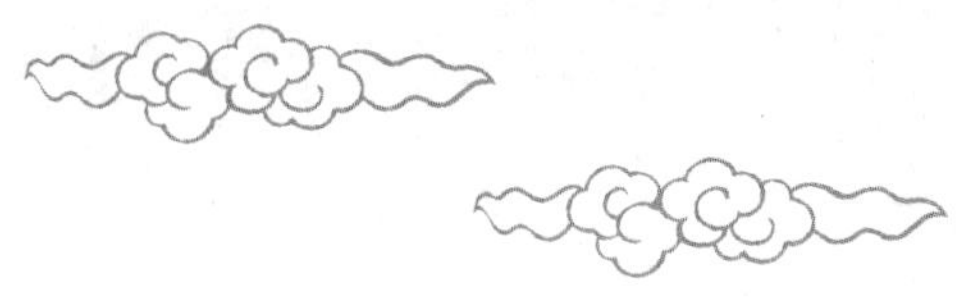

小河，流过狭街，好像一个嬉笑的孩子从他妈妈那里跑开，故意要恼她一样。

听呀，有人在浅滩上喊船夫呢。

孩子，天色暝暗了，渡头的摆渡船已经停了。

天空好像是在滂沱的雨上快跑着；河里的水喧叫而且暴躁；妇人们早已拿着汲满了水的水罐，从恒河畔匆匆地回家了。

夜里用的灯，一定要预备好。

孩子，不要出去呀！

到市场去的大道已没有人走，到河边去的小路又很滑。风在竹林里咆哮着，挣扎着，好像一只落在网中的野兽。

泰戈尔（1861—1941），印度诗人、哲学家。代表作品有《吉檀迦利》《飞鸟集》。

187.对岸

[印度]泰戈尔

我渴望到河的对岸去。

在那边，好些船只一行儿系在竹竿上；

人们在早晨乘船渡到那边去，肩上扛着犁头，去耕耘他们的远处的田；

在那边，牧人赶着他们鸣叫着的牛涉水到河旁的牧场去；

黄昏的时候，他们都回家了，只留下豺狼在这满长着野草的岛上哀叫。

妈妈，如果你不在意，我长大的时候，要做这渡船的船夫。

据说有好些古怪的池塘藏在这个高岸之后。

雨过去了，一群一群的野鹜飞到那里去，茂盛的芦苇在岸边四围生长，水鸟在那里生蛋；

竹鸡带着跳舞的尾巴，将它们细小的足印印在洁净的软泥上；

黄昏的时候，长草顶着白花，邀月光在长草的波浪上浮游。

妈妈，如果你不在意，我长大的时候，要做这渡船的船夫。

我要自此岸至彼岸，渡过来，渡过去，所有村中正在那儿沐浴的男孩女孩，都要诧异地望着我。

太阳升到中天，早晨变为正午了，我将跑到你那里去，说道：“妈妈，我饿了！”

一天完了，影子俯伏在树底下，我便要在黄昏中回家来。

我将永不同爸爸那样，离开你到城里去做事。

妈妈，如果你不在意，我长大的时候，要做这渡船的船夫。

188.仿佛

[印度]泰戈尔

我不记得我的母亲，
只是在游戏中间
有时仿佛有一段歌调在我玩具上回旋，
是她在晃动我的摇篮时所哼的那些歌调。

我不记得我的母亲，
但是在初秋的早晨
合欢花香在空气中浮动，
庙殿里晨祷的馨香仿佛向我吹来母亲一样的气息。

我不记得我的母亲，
只是当我从卧室的窗里外望悠远的蓝天，
我仿佛觉得我母亲凝住在我脸上的眼光
布满了整个天空。

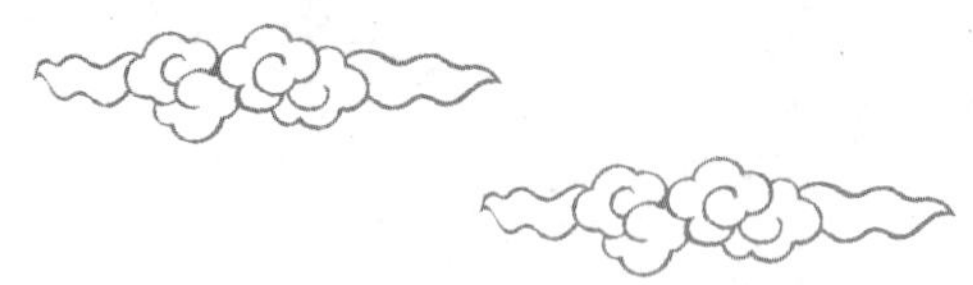

189.孩童之道

[印度]泰戈尔

只要孩子愿意，他此刻便可飞上天去。
他所以不离开我们，并不是没有缘故。
他爱把他的头倚在妈妈的胸间，他即使是一刻不见她，也是不行的。

孩子知道各式各样的聪明话，虽然世间的人很少懂得这些话的意义。
他所以不想说，并不是没有缘故。
他所要做的一件事，就是要学习从妈妈的嘴唇里说出来的话。那就是他所以看来这样天真的缘故。

孩子有成堆的黄金与珠子，但他到这个世界上来，却像一个乞丐。
他所以这样假装了来，并不是没有缘故。
这个可爱的小小的裸着身体的乞丐，所以假装着完全无助的样子，便是想要乞求妈妈的爱的财富。

孩子在纤小的新月的世界里，是一切束缚都没有的。
他所以放弃了他的自由，并不是没有缘故。
他知道有无穷的快乐藏在妈妈的心的小小一隅里，被妈妈亲爱的手臂所拥抱，其甜美远胜过自由。

孩子永不知道如何哭泣。他所住的是完全的乐土。
他所以要流泪，并不是没有缘故。
虽然他用了可爱的脸儿上的微笑，引逗得他妈妈的热切的心向着他，然而他的因为细故而发的小小的哭声，却编成了怜与爱的双重约束的带子。

190.我愿意是急流

[匈牙利]裴多菲

我愿意是急流，
山里的小河，
在崎岖的路上，
岩石上经过……
只要我的爱人
是一条小鱼，
在我的浪花中
快乐地游来游去。

我愿意是荒林，
在河流的两岸，
对一阵阵的狂风，
勇敢地作战……
只要我的爱人
是一只小鸟，
在我的稠密的
树枝间做巢，鸣叫。

我愿意是废墟，
在峻峭的山岩上，
这静默的毁灭
并不使我懊丧……
只要我的爱人
是青青的常春藤，

沿着我荒凉的额，
亲密地攀援上升。

我愿意是草屋，
在深深的山谷底，
草屋的顶上
饱受风雨的打击……
只要我的爱人
是可爱的火焰，
在我的炉子里
愉快地缓缓闪现。

我愿意是云朵，
是灰色的破旗，
在广漠的空中，
懒懒地飘来荡去，
只要我的爱人
是珊瑚似的夕阳，
傍着我苍白的脸，
显出鲜艳的辉煌。

裴多菲（1823—1849），匈牙利爱国诗人。代表作品有《自由与爱情》《民族之歌》。

191.豹

——在巴黎动物园

[奥地利]里尔克

它的目光被那走不完的铁栏杆
缠得这般疲倦，什么也不能收留。
它好像只有千条的铁栏杆，
千条的铁栏后便没有宇宙。

强韧的脚步迈着柔软的步容，
步容在这极小的圈中旋转，
仿佛力之舞围绕着一个中心，
在中心一个伟大的意志昏眩。

只有眼帘无声地撩起——
于是有一幅图像侵入，
通过四肢紧张的静寂——
在心中化为乌有。

里尔克（1875—1926），奥地利诗人。代表作品有《杜伊诺哀歌》《致俄耳甫斯十四行》。

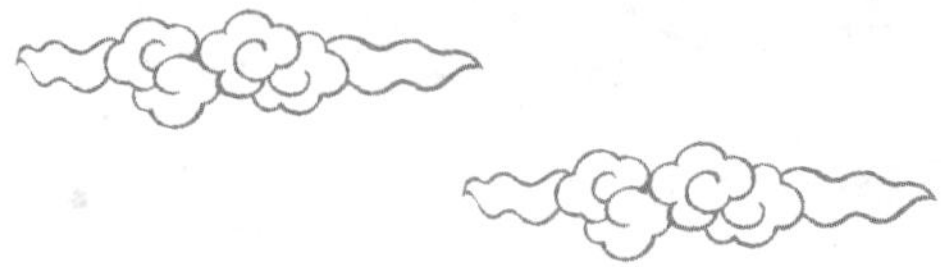

192.爱的歌曲

[奥地利]里尔克

我怎么能制止我的灵魂，让它
不向你的灵魂接触？我怎能让它
越过你向着其他的事物？
啊，我多么愿意把它安放
在阴暗的任何一个遗忘处，
在一个生疏的寂静的地方，
那里不再随着你的内心波动。
可是一切啊，凡是触动你的和我的，
好像拉琴弓把我们拉在一起，
从两根弦里发出一个声响。
我们被拉在什么样的乐器上？
什么样的琴手把我们握在手里？
啊，甜美的歌曲。

193.秋日

[奥地利]里尔克

主呵，是时候了。夏天盛极一时。
把你的阴影置于日晷上，
让风吹过牧场。

让枝头最后的果实饱满；
再给两天南方的好天气，
催它们成熟，把最后的甘甜压进浓酒。

谁此时没有房子，就不必建造，
谁此时孤独，就永远孤独，
就醒来，读书，写长长的信，
在林荫路上不停地
徘徊，落叶纷飞。

194.严重的时刻

[奥地利]里尔克

此刻有谁在世上某处哭，
无缘无故在世上哭，
在哭我。

此刻有谁在夜间某处笑，
无缘无故在夜间笑，
在笑我。

此刻有谁在世上某处走，
无缘无故在世上走，
走向我。

此刻有谁在世上某处死，
无缘无故在世上死，
望着我。

195.时光脱下了它的旧袍子

[法]奥尔良

时光脱下了它的旧袍子
——风袍子、冰袍子、雨袍子，
可是又穿上了一件新袍子
——用鲜艳明媚的春阳绣成的新袍子。

野兽柔柔地叫，
鸟儿娇娇地啼，
时光脱下了它的旧袍子。

河流、清泉和小溪，
都打扮得格外美丽：
那银色的水滴是它们的首饰，
那碧绿的涟漪是它们的新衣。
时光脱下了它的旧袍子。

奥尔良（1394—1465），法国宫廷诗人。代表作品为《遥望法兰西》。

196.诗人走在田野上

[法]雨果

诗人走到田野上；他欣赏，他赞美，
他在倾听内心的竖琴声。
看见他来了，花朵，
各种各样的花朵，
那些使红宝石黯然失色的花朵，
那些甚至胜过孔雀开屏的花朵，
金色的小花，蓝色的小花，
为了欢迎他，都摇晃着他们的花朵，
有的微微向他行礼，有的做出娇媚的姿态。
因为这样符合美人的身份，她们
亲昵地说："瞧，我们的情人走过来了！"
而那些生活在树林里葱茏的大树，
充满着阳光和阴影，嗓子变得沙哑，
所有这些老头，紫杉，菩提树，枫树，
满脸皱纹的柳树，年高德劭的橡树，
长着黑枝杈，披着鲜苔的榆树，
就像神学者们见到经典保管者那样，
向他行大礼，并且一躬到底地垂下，
他们长满树叶的头颅和常春藤的胡子，
他们观看着额上宁静的光辉，
低声窃窃私语："是他！是这个幻想家来了！"

雨果（1802—1885），法国浪漫主义作家。代表作有长篇小说《巴黎圣母院》《悲惨世界》。

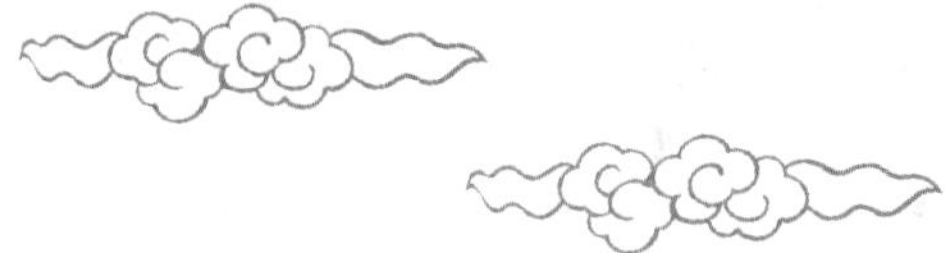

197.当一切入睡

[法]雨果

当一切入睡，我常兴奋地独醒，
仰望繁星密布熠熠燃烧的穹顶，
我静坐着倾听夜声的和谐；
时辰的鼓翼没打断我的凝思，
我激动地注视这永恒的节日——
光辉灿烂的天空把夜赠给世界。

我总相信，在沉睡的世界中，
只有我的心为这千万颗太阳激动，
命中注定，只有我能对它们理解；
我，这个空幻、幽暗、无言的影像，
在夜之盛典中充当神秘之王，
天空专为我一人而张灯结彩！

198.她在年幼的时候……

[法]雨果

她在年幼的时候有这么一种习惯，
每天早晨总要到我房间里来玩一玩；
我等待她，如同等待曙光的来临；
她进来了，道一声：早安，亲爱的父亲；

她拿起我的笔，打开我的书本，
坐在我的床上，翻弄我的纸张，笑了笑，
然后像只高飞的鸟儿突然走掉。
于是，我重新拿起我未写完的创作，
我的头没有原先那么沉，我写着写着，
往往发现在我的稿本里
有着她歪歪扭扭勾画的几笔，
而我也搞不清楚，怎么在被她弄皱了的白纸上，
总会写下我最亲切的篇章。
她爱上帝，爱绿草，爱鲜花，爱星星，
她有着一颗未成年的妇女的心，
她的视瞩反映她灵魂的光明。
她总要问问我的意见，如果她有什么事情。
啊！多少个其乐融融的冬夜就是这么
度过的，谈谈历史，谈谈文规，谈谈语言，
四个孩子一齐跨在我的腿上，她们的母亲
坐在跟前，几个常来的朋友围着火炉聊天！
我把这样的生活叫作安命乐天！
然而她却死去了！上帝呀，请你救救我！
在她不高兴的时候，我从未感到过快乐；
我在最热闹的舞会中也会心头沉闷，
若是在动身时，我看见她眼睛里有一丝丝阴影。

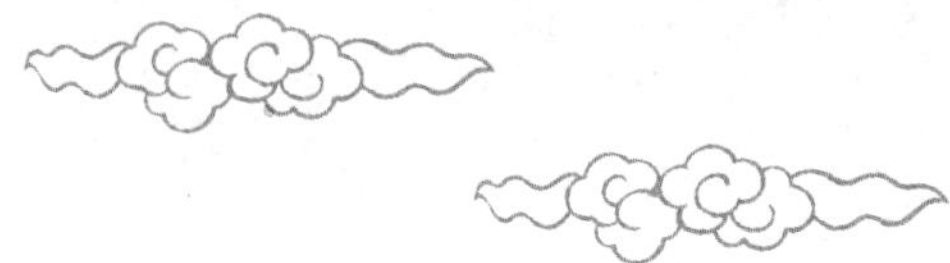

199.国际歌(节选)

[法]欧仁·鲍狄埃

起来,
饥寒交迫的奴隶!
起来,
全世界受苦的人!
满腔的热血已经沸腾,
要为真理而斗争!
旧世界打个落花流水,
奴隶们起来,
起来!
不要说我们一无所有,
我们要做天下的主人!

从来就没有什么救世主,
也不靠神仙皇帝。
要创造人类的幸福,
全靠我们自己!
我们要夺回劳动果实,
让思想冲破牢笼。
快把那炉火烧得通红,
趁热打铁才能成功!

是谁创造了人类世界?
是我们劳动群众。
一切归劳动者所有,

哪能容得寄生虫！
最可恨那些毒蛇猛兽，
吃尽了我们的血肉。
一旦把它们消灭干净，
鲜红的太阳照遍全球！

欧仁·鲍狄埃（1816—1887），法国革命家、工人诗人。著有《革命歌集》《鲍狄埃全集》。

200.兽尸

[法]波德莱尔

我的爱，请回忆今天看见的一物，
在这风和日暖的上午，
一具污秽的兽尸躺在小路拐弯处，
把遍地碎石作为床褥。
四肢朝天，宛如淫妇逢场作戏，
冒着毒汁，热汗淋漓，
一副放荡不羁的无耻的姿势，
鼓起的肚子胀满了气。
一轮骄阳照射着这头死兽，
好像要把它烤得熟透，
要把它的一身血肉归还大自然，
还要多付百倍报酬。
在上天眼中，这尸体美妙异常，
恰似一朵鲜花怒放。

一股刺鼻的恶臭熏人极烈，
使我们几乎昏倒地上。
腐烂的肚子上苍蝇成群嗡嗡，
冒出黑压压一群蛆虫，
蛆的大军汇成浓稠的液体，
沿着活的破衣流动。
它们或降或升，波浪起伏不停，
冒着泡沫，汹涌前进；
看来好像兽尸因呼吸困难而膨胀，
在繁殖中继续着生命。
于是这世界散发出仙乐奇幻，
如和风习习，流水潺潺，
如簸谷者有节奏地振荡簸箕，
把谷粒摇动又翻转。
形状渐渐泯灭，仅仅留下一梦，
一幅画迟迟画不成功，
画家只能在遗忘的画布上，
凭着回忆将它补充。
一条饿狗躲在岩石后面窥伺，
向着我们愠愠而视，
想等待个机会，好重新攫取
这块被迫放弃的肉食。
爱人啊，你也将像此污物一样，
就像这具可怕的兽尸，
我眼中的星星，我心中的太阳，
你，我的情爱我的天使！
是的，你将是这模样，美的皇后！
只等临终的圣礼之后，
你将躺到茂盛的花草之下，

在枯骨间霉烂，腐朽。
那时，我的美人啊！当寄生的虫豸，
用亲吻将你全身吞噬，
请转告它们：我的爱虽然分解，
我永存她神圣的丽质。

波德莱尔（1821—1867），法国现代派诗人。代表作为诗集《恶之花》。

201.信天翁

[法]波德莱尔

常常，为了消遣，航船上的海员
捕捉些信天翁，这种巨大的海禽，
它们，这些懒洋洋的航海的旅伴，
跟在飘过苦海的航船后面飞行。

海员刚刚把它们放在甲板上面，
这些笨拙而羞怯的碧空之王，
就可怜地耷拉着它们巨大的白色翅膀，
像双桨一样垂在它们的身旁。

这插翅的旅客，多么怯懦呆滞！
本是那样美丽，却显得丑陋滑稽！
一个海员用烟斗戏弄它的大嘴，
另一个跷着脚，模仿会飞的跛子！

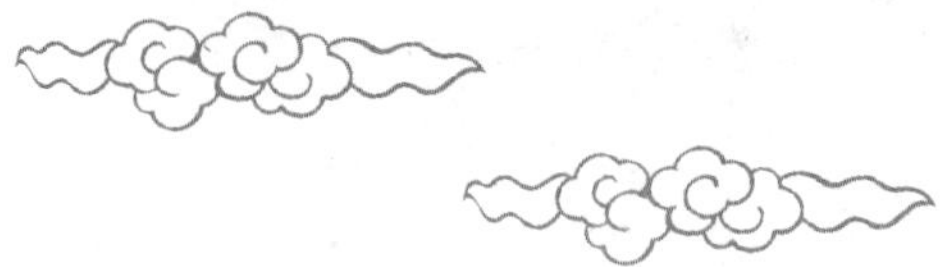

云霄里的王者，诗人也跟你相同，
你出没于暴风雨中，嘲笑弓手；
但被放逐到地上，陷于嘲骂声中，
巨人似的翅膀反倒妨碍行走。

202. 屋顶上的蓝天

[法]魏尔伦

屋顶上的蓝天
这样静，这样蓝，
屋顶上的树
摇着勋章般的叶片。

钟楼高耸在云天，
温存地震颤；
鸟儿在树上，
倾诉着哀怨。

上帝啊，上帝啊，生活就在那边，
安详而简单；
这平和的喧闹，
来自小城的街院。

啊，多荒唐，
糟践了自己的年华，
空垂泪，
悔恨已晚。

魏尔伦（1844—1896），法国诗人。代表作品有《绿》。

203.米拉波桥

[法]阿波利奈尔

塞纳河在米拉波桥下流逝
我们的爱情
还要记起吗
往日欢乐总是在痛苦之后来临

夜来临吧，听钟声响起
时光消逝了而我还在这里

我们就这样面对面
手握着手
在手臂搭起的桥下闪过
那无限倦慵的眼波

夜来临吧，听钟声响起
时光消逝了而我还在这里

爱情像这泓流水一样逝去
爱情逝去
生命多么滞缓
而希望又多么强烈

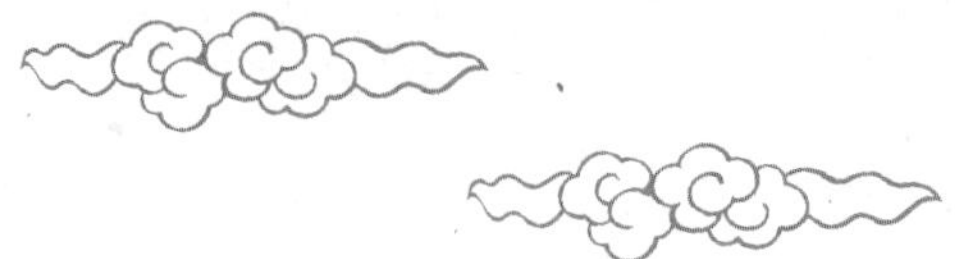

夜来临吧，听钟声响起
时光消逝了而我还在这里

消逝多少个日子多少个星期
过去了的日子
和爱情都已不复回来
塞纳河在米拉波桥下流逝

夜来临吧，听钟声响起
时光消逝了而我还在这里

纪尧姆·阿波利奈尔（1880—1918），法国诗人、小说家、剧作家、文艺评论家。著有诗集《醇酒集》等。

204.自由

[法]艾吕雅

在我的练习本上，
在我的书桌上，树木上，
沙上，雪上，
我写你的名字。

在所有念过的篇页上，
在所有洁白的篇页上，
在石头、鲜血、白纸或焦灰上，

我写你的名字。
在涂金的画像上，
在战士们的武器上，
在君主们的王冠上，
我写你的名字。

在丛林上，沙漠上，
鸟巢上，花枝上，
在我童年的回音上，
我写你的名字。

黑夜的奇妙事物上，
白天的洁白面包上，
在和谐配合的四季里，
我写你的名字。

在我所见的几片蓝天上，
阳光照着的发霉的水池上，
月光照着的活泼的湖面上，
我写你的名字。

在田野间在地平线上，
在飞鸟的羽翼上，
在旋转的黑影上，
我写你的名字。

在黎明的阵阵气息上，
在大海，在船舶上，
在狂风暴雨的高山上，
我写你的名字。

在云的泡沫上，
在雷雨的汗水上，
在浓厚而乏味的雨点上，
我写你的名字。

在闪闪烁烁的各种形体上，
在各种颜色的钟上，
在物质的真理上，
我写你的名字。

在活泼的羊肠小道上，
在伸展到远方的大路上，
在群众拥挤的广场上，
我写你的名字。

在光亮的灯上，
在熄灭的灯上，
在我的集合起来的房屋上，
我写你的名字。

在我的房间和镜中所照的房间，
形成的对切开的果子上，
在空贝壳似的我的床上，
我写你的名字。

在我那只温和而谗嘴的狗身上，
在它的竖立的耳朵上，
在它的拙笨的爪子上，
我写你的名字。

在跳板似的我的门上，
在家常的器物上，
在受人欢迎的熊熊的火上，
我写你的名字。

在所有得到允许的肉体上，
在我朋友们的前额上，
在每只伸过来的友谊之手上，
我写你的名字。

在充满惊奇的眼睛上，
在小心翼翼的嘴唇上，
高高在上的寂静中，
我写你的名字。

在被摧毁了的隐身处，
在倒塌了的灯塔上，
在我的无聊厌倦的墙上，
我写你的名字。

在并非自愿的别离中，
在赤裸裸的寂寞中，
在死亡的阶梯上，
我写你的名字。

在重新恢复的健康上，
在已经消除的危险上，
在没有记忆的希望上，
我写你的名字。

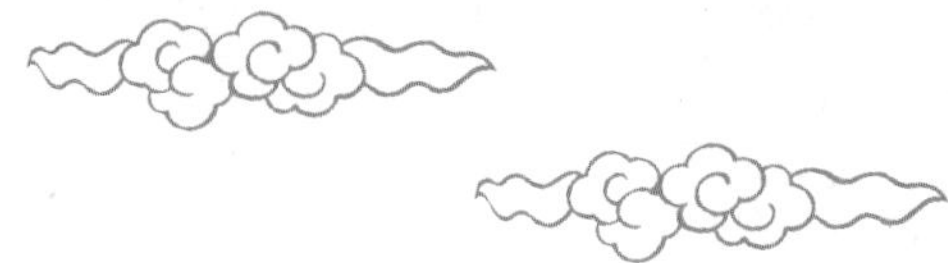

由于一个字的力量，
我重新开始生活，
我活在世上是为了认识你，
为了叫你的名字。
自由。

艾吕雅（1895—1952），法国当代诗人。代表作品有《为了在这里生活》《我并不孤单》。

205.雨燕

[法]夏尔

雨燕，翅膀过于宽阔，绕着房屋欢歌盘旋。心也一样。
它使雷电枯竭，它在晴空播种。它若触着地面，便会粉身碎骨。
家燕是它的反衬。它厌恶亲昵。高塔的花边值什么？
它在最阴沉的缝隙间安身，它的巢比谁都狭小。
白昼悠长的夏季，它将穿过子夜的百叶窗，在黑暗中飞行。
没有眼睛能捕捉它。它的鸣叫便是它全部的显现。一支长枪将把它击落。心也一样。

勒内·夏尔（1907—1988），法国诗人。著有诗集《没有主人的锤子》《水中的太阳》《群岛上的谈话》《求索集》等。

206.致大自然（节选）

[德]荷尔德林

当我还在你的面纱旁游戏，
还像花儿依傍在你身旁，
还倾听你每一声心跳，
它将我温柔颤抖的心环绕，
当我还像你一样满怀信仰的渴望，
站在你的图像前，
为我的泪寻找一个场所，
为我的爱寻找一个世界。

当我的心还向着太阳，
以为阳光听得见它的跃动，
它把星星称作兄弟，
把春天当作神的旋律；
当小树林里气息浮动，
你的灵魂，你欢乐的灵魂，
在寂静的心之波里摇荡，
那时金色的日子将我怀抱。

荷尔德林（1770—1843），德国诗人。诗作有《人，诗意的栖居》《浮生的一半》《眺望》等。

207.颂歌

[德]海涅

我是剑，我是火焰。

黑暗里我照耀着你们，
战斗开始时，
我奋勇当先
走在队伍的最前列。

我周围倒着
我的战友的尸体，
可是我们取得了胜利。
我们取得了胜利，
可是周围倒着
我的战友的尸体。

在欢呼胜利的凯歌里
响着追悼会严肃的歌声。
但我们没有时间欢乐，
也没有时间哀悼。
喇叭重新吹起，
又开始新的战斗。

我是剑，我是火焰。

海涅（1797—1856），德国抒情诗人。代表作品有《青春的苦恼》《抒情插曲》《还乡集》《北海集》。

208.乘着歌声的翅膀

[德]海涅

乘着歌声的翅膀，
心爱的人，
我带你飞翔，
向着恒河的原野，
那里有最美的地方。

一座红花盛开的花园，
笼罩着寂静的月光；
莲花在那儿等待
它那知心的姑娘。

紫罗兰轻笑调情，
抬头向星星仰望；
玫瑰花把芬芳的童话
偷偷地在耳边谈讲。

跳过来暗地里倾听
是善良聪颖的羚羊；
在远处喧腾着
圣洁的河水的波浪。

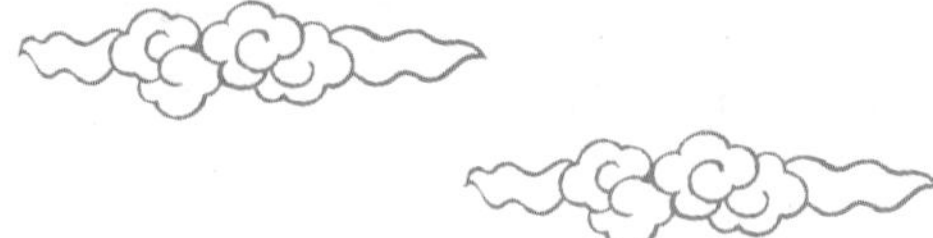

我们要在那里躺下
在那棕榈树的下边，
沐浴着爱情和恬静，
沉入幸福的梦幻。

209.给燕妮（节选）

[德]马克思

燕妮，你笑吧！你会惊奇
为什么在我所有的诗章里
只有一个标题：给燕妮！
要知道世界上唯有你
对我是鼓舞的泉源，
对我是天才的慰藉，
对我是闪烁在灵魂深处的思想光辉。
这一切一切呀，都隐藏在你的名字里！
燕妮，你的名字——每一个字母——都显得神奇！
它发出的每一个音响是多么美妙动听，
它奏出的每一章乐曲都萦绕在我耳际，
仿佛是神话故事中善良美好的精灵，
仿佛是春夜里明月熠熠闪耀的银辉，
仿佛是金色的琴弦弹出的微妙声音。

马克思（1818—1883），德国政治家、哲学家，国际共产主义运动的领袖。代表作品有《资本论》《共产党宣言》。

210.人生礼赞

——年轻人的心对歌者说的话

[美]朗费罗

不要在哀伤的诗句里告诉我：
“人生不过是一场幻梦！”
灵魂睡着了，就等于死了，
事物的真相与外表不同。
人生是真切的！人生是实在的！
它的归宿绝不是荒坟；
“你本是尘土，必归于尘土”，
这是指躯壳，不是指灵魂。

我们命定的目标和道路
不是享乐，也不是受苦，
而是行动，在每个明天
都超越今天，跨出新步。

智艺无穷，时光飞逝；
这颗心，纵然勇敢坚强，
也只如鼙鼓，闷声擂动着，
一下又一下，向坟地送丧。

世界是一片辽阔的战场，
人生到处扎寨安营；
莫学那听人驱策的哑畜，
做一个威武善战的英雄！

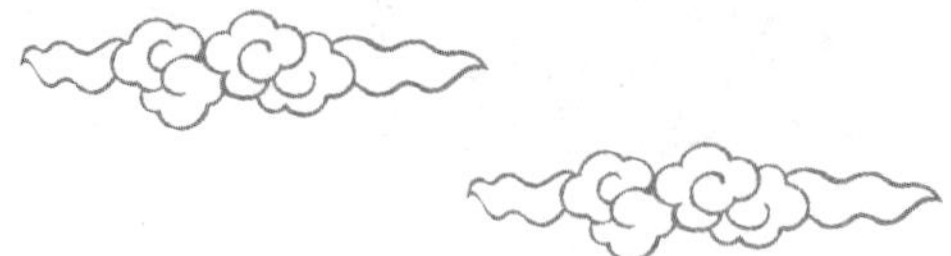

别指靠将来，不管它多可爱！
把已逝的过去永久掩埋！
行动吧——趁着活生生的现在！
胸中有赤心，头上有真谛！

伟人的生平启示我们：
我们能够生活得高尚，
而当告别人世的时候，
留下脚印在时间的沙上。

也许我们有一个弟兄
航行在庄严的人生大海，
遇险沉了船，绝望的时刻，
会看到这脚印而振作起来。

那么，让我们起来干吧，
对任何命运要敢于担载；
不断地进取，不断地追求，
要善于劳动，善于等待。

朗费罗（1807—1882），美国浪漫主义诗人。代表作品有《伊凡吉林》《海华沙之歌》《迈尔斯·斯坦狄什的求婚》。

211. 在路易斯安那我看见一株活橡树在成长

[美]惠特曼

在路易斯安那，我看见一株活橡树在成长，
它孤独地站立着，苔藓从它的枝上往下垂，
那儿没有一个伙伴，它独自生长，吐出暗绿色的欢乐的叶子，
它的相貌粗鲁、刚直而健壮，令我想到我自己，
但是我惊异它怎能独自站在那里吐着欢乐的叶子，却没有朋友在它的身边，
因为我知道这是我做不到的，
于是我从它身上折下一根长着些叶子的小枝，并用少许的苔藓缠在上面，
然后带着它走开，把它放在我房里看得见的地点，
我用不着让它来提醒我想起我自己的亲密朋友，
（因为我相信我近来除了他们很少想到别的什么）
不过它仍是我的一个奇异的标志，它使我想起男人的爱恋，
尽管如此，那株活橡树在路易斯安那一片宽阔平坦的空地上孤独地闪烁，
终生吐着欢乐的叶子，而没有一个朋友、一个情人在身边，
我仍然清楚地知道我做不到这一点。

惠特曼（1819—1892），美国民族诗人。著有诗集《草叶集》。

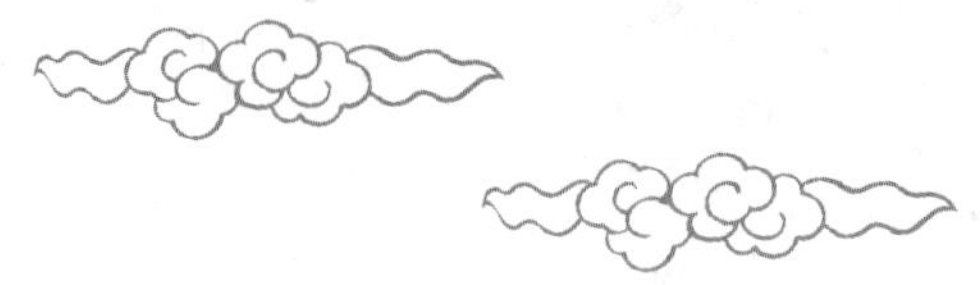

212.啊，船长，我的船长哟！

[美]惠特曼

这首诗写于1865年。当时，美国南北战争刚一结束，总统林肯即被人暗杀。诗人以船长比喻林肯，表达了沉痛的哀悼之情。

啊，船长，我的船长哟！我们可怕的航程已经终了，
我们的船渡过了每一个难关，我们追求的锦标已经得到，
港口就在前面，我已经听见钟声，听见了人们的欢呼，
千万双眼睛在望着我们的船，它坚定，威严而且勇敢；
只是，啊！心哟！心哟！心哟！
啊，鲜红的血滴，就在那甲板上，
我的船长躺下了，
他已浑身冰凉，停止了呼吸。

啊，船长，我的船长哟！起来听听这钟声，
起来吧，——旌旗正为你招展，——号角为你长鸣，
为你，人们准备了无数的花束和花环，——为你，人群挤满了海岸，
为你，这晃动着的群众在欢呼，转动着他们殷切得脸面；
这里，船长，亲爱的父亲哟！
让你的头枕着我的手臂吧！
在甲板上，这真是一场梦——
你已浑身冰凉，停止了呼吸。

我的船长不回答我的话，他的嘴唇惨白而僵硬，
我的父亲，感觉不到我的手臂，他已没有脉搏，也没有了生命，
我们的船已经安全地下锚了，它的航程已经终了，
从可怕的旅程归来，这胜利的船，目的已经达到；

啊，欢呼吧，海岸，鸣响吧，钟声！
只是我以悲痛的步履，
漫步在甲板上，那里我的船长躺着，
他已浑身冰凉，停止了呼吸。

213.在自由和力量中飞翔

[美]惠特曼

我，不愿跟爱唱的小鸟争一个长短；
我，渴望去那寥廓的天宇高高飞翔。
是雄鹰和海鸥深深地打动了我的心，
那金丝雀和学舌鸟绝不是我的理想。
我，不习惯用甜美的颤音柔声啼啭，
我要在自由、欢乐、力量和意志中展翅翱翔。

214.篱笆那边

[美]狄金森

篱笆那边，
有草莓一棵。
我知道，如果我愿，
我可以爬过，
草莓，真甜！

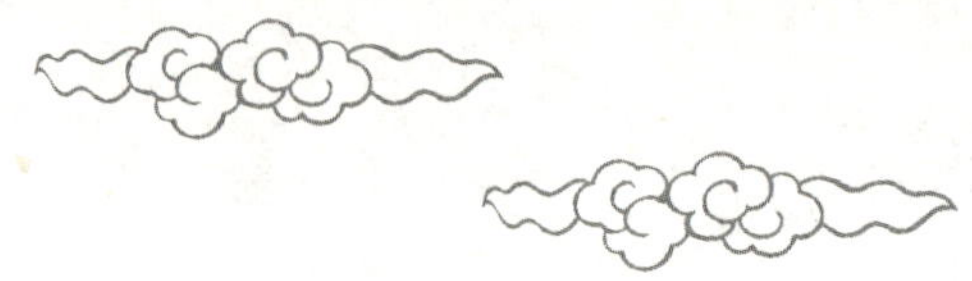

可是，脏了围裙，
上帝一定要骂我！
哦，亲爱的，我猜，如果
他也是个孩子
他也会爬过去，如果他能
爬过！

狄金森（1830—1886），美国女诗人。代表作品有《神奇的书》《成功》。

215.没上锁的门

[美]弗罗斯特

过了许多年时光，
突然听见敲门声响，
我想起门没有锁，
我无法把它锁上。

我随即吹灭了灯，
悄悄走在地板上，
同时我举起双手，
对着门祷告上苍。

但敲门声又响了起来，
我的窗户黝黝洞开；
我轻轻爬上窗台，
一纵身跳到窗外。

我又转身隔着窗台，
喊了一声“请进”，
管他敲门的是谁，
门后会出现什么情景。
就这样，一声门响，
使我跳出自己的樊笼，
从此投身广阔的世界，
随着岁月漂流浮沉。

弗罗斯特（1874—1963），美国农民诗人。代表作品有《火与冰》《雪夜林边小驻》《柴垛》。

216.未走之路

[美]弗罗斯特

学生版

金色的树林中有两条岔路，
可惜我不能沿着两条路行走；
我久久地站在那分岔的地方，
极目眺望其中一条路的尽头，
直到它转弯，消失在树林深处。

然后我毅然踏上了另一条路，
这条路也许更值得我向往，
因为它荒草丛生，人迹罕至；
不过说到其冷清与荒凉，
两条路几乎一模一样。

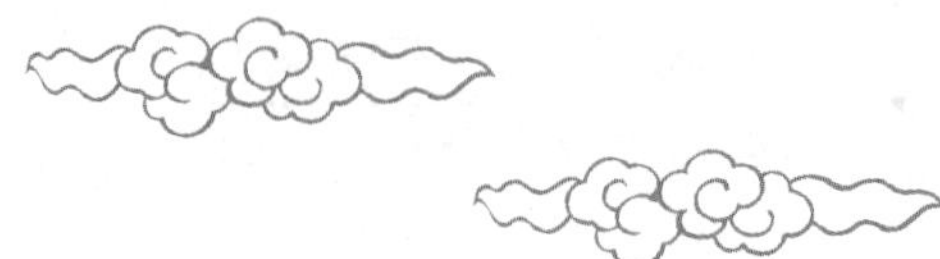

那天早晨两条路都铺满落叶，
落叶上都没有被踩踏的痕迹。
唉，我把第一条路留给将来！
但我知道人世间阡陌纵横，
我不知将来能否再回到那里。

我将会一边叹息一边叙说，
在某个地方，在很久很久以后：
曾有两条小路在树林中分手，
我选了一条人迹稀少的行走，
结果后来的一切都截然不同。

217.雾

[美]卡尔·桑德堡

雾来了——
蹑着猫的细步。
它静静地弓腰
蹲着俯瞰
港湾和城市
再向前走去。

卡尔·桑德堡（1878—1967），美国诗人、传记作家。著有诗集《在轻率的欢乐中》《芝加哥诗集》等。

218.在一个地铁车站

[美]庞德

人群中这些面孔幽灵一般显现；
湿漉漉的黑色枝条上的许多花瓣。

庞德（1885—1972），美国现代著名诗人。代表作品有《面具》《反击》《献祭》《休·西尔文·毛伯莱》《诗章》。

219.默想

[美]庞德

当我仔细地观察了狗的奇怪习惯
我不得不承认
人类是高等动物。

当我观察到人类的奇怪习惯
我承认，朋友，我迷惑了。

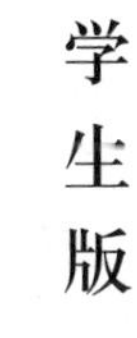

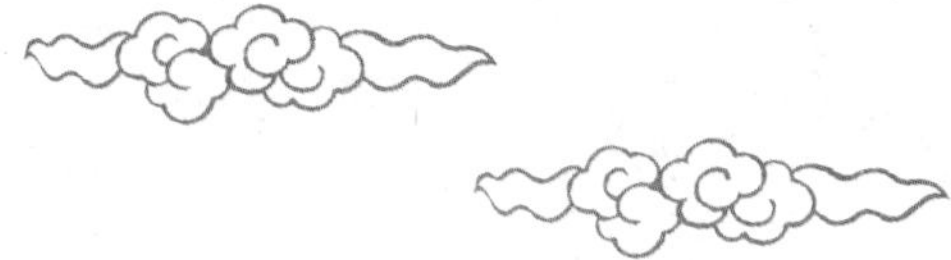

220.母亲对儿子说

[美]休斯

喔，孩子，我要告诉你：
生活对我并不是一架水晶梯。
它上面有钉子，
有碎片，
有裂板，
那儿的地上没有铺地毯——
是光秃秃的。
但是所有的时刻，
我都在向上攀登，
在到达楼梯平台前，
要绕过许多拐角，
有时在黑暗中摸索，
那儿没有一丝光线。
孩子，你千万不要后退。
不要因为发现有艰险
便停步不前。
现在你不要跌落下去——
因为我还前进，宝贝
我还在攀登，
生活对我并不是一架水晶梯。

兰斯顿·休斯（1902—1967），美国作家。著有诗歌《黑人谈河流》等。

221.黑马

[美]布罗茨基

黑色的穹窿也比它四脚明亮，
它无法与黑暗融为一体。

在那个夜晚，我们坐在篝火旁边，
一匹黑色的马儿映入眼底。

我不记得比它更黑的物体。
它的四脚黑如乌煤，
它黑得如同夜晚，如同空虚。
周身黑咕隆咚，从鬃到尾。
但它那没有鞍子的脊背上
却是另外一种黑暗。
它纹丝不动地伫立，仿佛沉沉酣眠。
它蹄子上的黑暗令人胆战。
它浑身漆黑，感觉不到身影。
如此漆黑，黑到了顶点。
如此漆黑，仿佛处于钟的内部。
如此漆黑，就像子夜的黑暗。
如此漆黑，如同它前方的树木。
恰似肋骨间的凹陷的胸脯。
恰似地窖深处的粮仓。
我想：我们的体内是漆黑一团。

可它仍在我们眼前发黑！
钟表上还只是子夜时分。

学生版

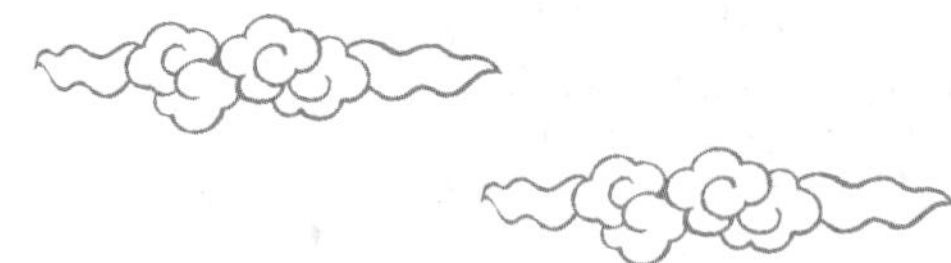

它的腹股中笼罩着无边的黑暗。
它一步也没有朝我们靠近。
它的脊背已经辨认不清，
明亮之斑没剩下一毫一丝。
它的双眼白光一闪，像手指一弹。
那瞳孔更是令人畏惧。

它仿佛是某人的底片。
它为何在我们中间停留？
为何不从篝火旁边走开，
驻足直到黎明降临的时候？
为何呼吸着黑色的空气，
把压坏的树枝弄得瑟瑟嗖嗖？
为何从眼中射出黑色的光芒？

它在我们中间寻找骑手。

约瑟夫·布罗茨基（1940—1996），俄裔美国诗人、散文家。著有诗集《韵文与诗》《山丘和其他》《荒野中的停留》《致乌拉尼亚》等。

222.答案在风中飘扬

[美]鲍勃·迪伦

一个男人要走多少路
才能将其称为好汉
一只白鸽要飞越多少片海

才能在沙滩上入眠？
炮弹要飞多少次
才能将其永远禁锢？
朋友，答案在风中飘摇，
答案在风中飘摇。

一座山峰能屹立多久
才会被冲刷入海？
那些人还要生存多少年
才能最终获得自由？
一个人能多少次扭过头去，
假装他并没有看到？
朋友，答案在风中飘摇，
答案在风中飘摇。

一个人要仰多少次头
才能望见苍天？
一个人要有多少只耳朵
才能听见民众呼号？
多少人死后他才知道，
无数人的性命已抛？
答案就在风中飘摇，
答案就在风中飘摇。

鲍勃·迪伦，1941 年生，美国诗人、音乐家。其著名歌曲有《答案在风中飘》《大雨将至》《像一块滚石》等。

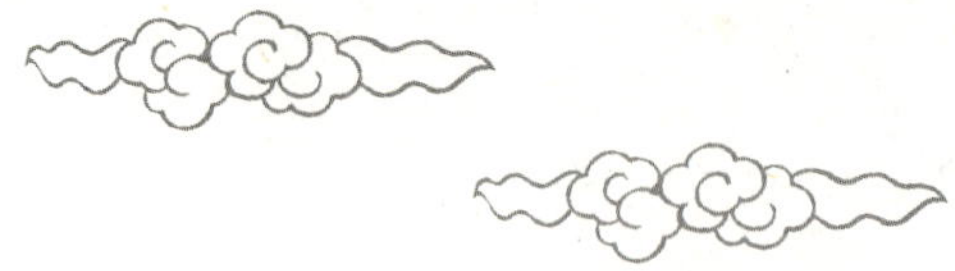

223.大雨将至

[美]鲍勃·迪伦

噢，你去了哪里，我那蓝眼睛的孩子？
你去了哪里，我那亲爱的孩子？
我曾在那十二座迷雾山旁踟蹰
还有六条公路，人们在那里拥挤
我曾笼罩在森林深处的无尽悲伤里
我曾直面一片又一片死海
我曾进入墓地中千万里
那呼啸的、急骤的、暴烈的、凶猛的
大雨将至

你看到了什么，我那蓝眼睛的孩子？
你看到了什么，我那亲爱的孩子？
我看见一个新生婴儿被饿狼团团围住
我看见一条钻石铺就的公路却无人踏上
我看见黑色的枝头上鲜血欲滴
我看见一屋子的人手持滴血的斧头
我看见一把白色的梯子浸没在水中
我看见一万个有话要讲的人舌头皆被割去
我看见年轻的孩子手里攥着枪械和利剑
那呼啸的、急骤的、暴烈的、凶猛的
大雨将至

你听到了什么，我那蓝眼睛的孩子？
你听到了什么，我那亲爱的孩子？
我听见雷声轰鸣发出警告
我听见巨浪掀天似要吞噬整个世界

我听见一百位鼓手猛烈地敲击大鼓双手如电
我听见万人低语却无人去听
我听见一个人忍饥挨饿，旁人对他狂笑
我听见倒毙在臭水沟旁的诗人的歌
我听见街角传来的无人在意的小丑的哭泣
那呼啸的、急骤的、暴烈的、凶猛的
大雨将至

你遇到了谁呢，我那蓝眼睛的孩子？
你遇到了谁呢，我那亲爱的孩子？
我遇到了一个孩子守在死去的小马旁边
我遇到了一个白人在悠闲地遛狗
我遇到了一个年轻的女人，她光彩夺目如同燃烧的星辰
我遇到了一个小女孩，她给我一道彩虹
我遇到了一个在爱中受创的男人
我也遇到了另一个在恨中受创的男人
那呼啸的、急骤的、暴烈的、凶猛的
大雨将至

你将来要做什么，我那蓝眼睛的孩子？
你将来要做什么，我那亲爱的孩子？
我将要在雨来之前离开
我将走进黑暗森林的深处
那里会有许多人，他们两手空空
那里的水中全是毒药
那里的房子紧靠着肮脏潮湿的监狱
那里的刽子手总是隐藏在暗处
那里到处是饥饿哀鸿遍野，那里灵魂被遗忘
那里黑是唯一的颜色，没有色彩，一无所有

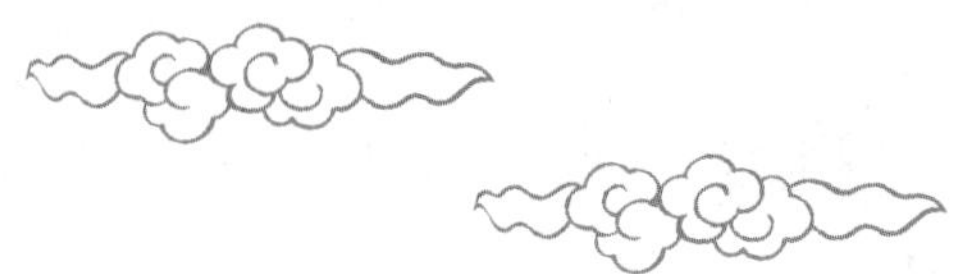

我要讲述、要思考、要琢磨、要呼吸
我要在山巅讲述这些，以让所有的灵魂都看得到
然后我站在海面上直到开始下沉
但我知道我的歌将会传唱
那呼啸的、急骤的、暴烈的、凶猛的
大雨将至

224.苦痛与狂欢

[意大利]米开朗琪罗

我们应当敢于正视痛苦，
尊敬痛苦。
欢乐固然值得称赞，
痛苦亦何尝不值得称赞？
这两位是姊妹，
而且都是圣者。
她们锻炼人类开展伟大的心魂，
她们是力，是生，是神。
凡是不能兼爱欢乐与痛苦的人，
便是既不爱欢乐，
亦不爱痛苦；
凡能体味它们
方懂得人生的价值
和离开人生时的甜蜜

米开朗琪罗（1475—1564），意大利雕塑家、画家、诗人。代表作品为雕像《大卫》。

225.浪之歌（《组歌》之一）

[黎巴嫩]纪伯伦

我同海岸是一对情人。
爱情让我们相亲相近，空气却使我们相离相分。
我随着碧海丹霞来到这里，为的是将我这银白的泡
沫与金沙铺就的海岸合为一体；
我用自己的津液让它的心冷却一些，
别那么过分炽热。
清晨，我在情人的耳边发出海誓山盟，
于是他把我紧紧抱在怀中；
傍晚，我把爱恋的祷词歌吟，于是他将我亲吻。
我生性执拗，急躁；
我的情人却坚忍而有耐心。
潮水涨来时，我拥抱着他；
潮水退去时，我扑倒在他的脚下。
曾有多少次，当美人鱼从海底钻出海面，
坐在礁石上欣赏星空时，我围绕她们跳过舞；
曾有多少次，当有情人向俊俏的少女倾诉着自己为爱情所苦时，我陪伴他长吁
短叹，
帮助他将衷情吐露；曾有多少次，我与礁石同席对饮，
他竟纹丝不动，我同他嘻嘻哈哈，
它竟面无笑容。
我曾从海中托起过多少人的躯体，
使他们死里逃生；
我又从海底偷出多少珍珠，
作为向美女丽人的馈赠。
夜阑人静，
万物都在梦乡里沉睡，

学生版

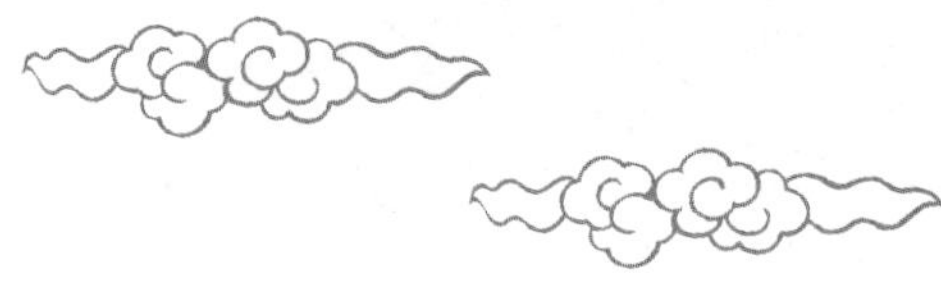

唯有我彻夜不寐；
时而歌唱，时而叹息。呜呼！
彻夜不眠让我形容憔悴。
纵使我满腹爱情，
而爱情的真谛就是清醒。
这就是我的生活；
这就是我终身的工作。

纪伯伦（1883—1931），黎巴嫩诗人，阿拉伯现代文学复兴运动的先驱之一。著有散文诗集《先知》。

226.我不知道……

[西班牙]胡安·拉蒙·希梅内斯

我不知道应该怎样
才能从今天的岸边
一跃而跳到明天的岸上。

滚滚长河夹带着
今天下午的时光
一直流向那无望的海洋。

我面对着东方、西方，
我向南方和北方张望……
只见那金色的现实，
昨天还缠绕着我的心房，

现如今却像整个天空
分崩离析，虚无迷茫……

我不知道应该怎样
才能从今天的岸边
一跃而跳到明天的岸上。

胡安·拉蒙·希梅内斯（1881—1958），西班牙诗人。主要作品有诗集《紫罗兰的灵魂》《白睡莲》《悲哀情叹调》《遥远的花园》等。

227.火

[西班牙]阿莱克桑德雷

所有的火都带有激情。
光芒却是孤独的！
你们看多么纯洁的火焰在升腾
直至舐到天空，
同时，所有的飞禽
为它而飞翔，不要烧焦了我们！
可是人呢？从不理会。
不受你的约束，
人啊，火就在这里。
光芒，光芒是无辜的。
人：从来还未曾诞生。

维森特·阿莱克桑德雷·梅洛（1898—1984），西班牙诗人。著有诗集《毁灭或爱情》《天堂的影子》《心灵的历史》等。

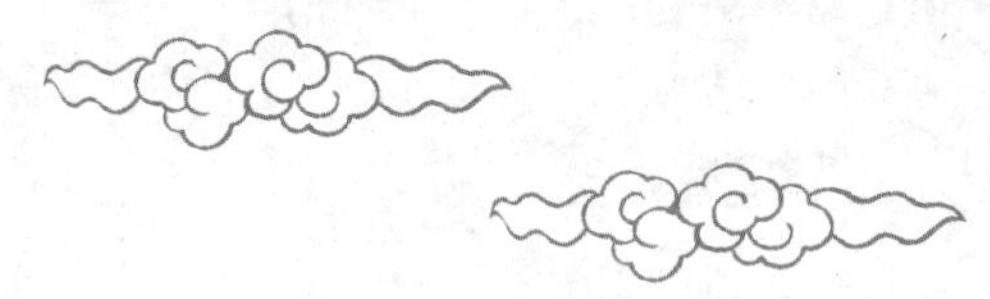

228.你不喜欢的每一天不是你的

[葡萄牙]佩索阿

你不喜欢的每一天不是你的：
你仅仅度过了它。无论你过着什么样的
没有喜悦的生活，你都没有生活。
你无须去爱，或者去饮酒或者微笑。
阳光倒映在水坑里
就足够了，如果它令你愉悦。
幸福的人，把他们的欢乐
放在微小的事物里，永远也不会剥夺
属于每一天的、天然的财富。

费尔南多·佩索阿（1888—1935），葡萄牙诗人、文学批评家、翻译家、出版家。著有诗集《佩索阿诗选》。

229.三棵树

[智利]加夫列拉·米斯特拉尔

三棵伐倒的树
弃在小路的边缘。
伐木人把它们遗忘，
它们亲密地挤在一起交谈，犹如三条盲汉。

落日的余晖
为劈开的树干涂上一层鲜血，
只有风儿
带着它们伤口的芳香飘散！

歪歪扭扭的那一棵
把巨大的臂膀和抖动的枝叶
伸向同伴
两个伤口像一双眼睛，表达着哀怨。

伐木者把它们遗忘，夜即将来到，
我愿与它们厮守在一起，
用心房接受柔软的树脂，
那树脂将会像火一般把我燃烧，
而天明时我们将无声无息
被一片离别的痛苦笼罩。

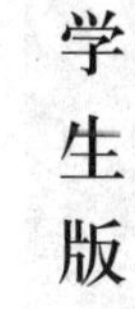

加夫列拉·米斯特拉尔（1889—1957），智利诗人。著有诗集《死的十四行诗》《绝望》《柔情》《有刺的树》等。

230.如果白昼落进……

[智利]聂鲁达

每个白昼
都要落进黑沉沉的夜

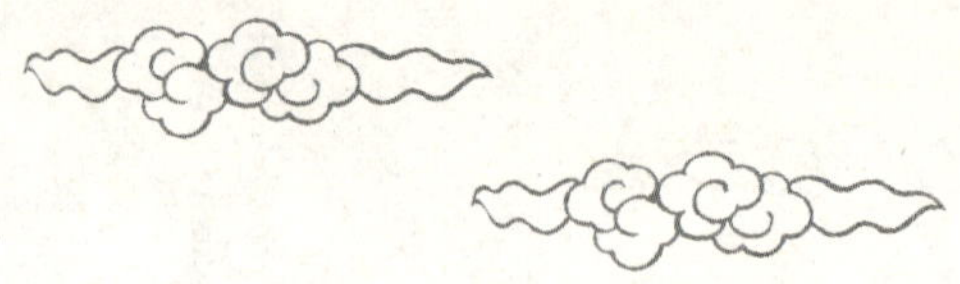

像有那么一口井
锁住了光明。

必须坐在
黑洞洞的井口
要很有耐心
打捞掉落下去的光明。

巴勃罗·聂鲁达（1904—1973），智利诗人。著有诗集《二十首情诗和一支绝望的歌》《黄昏》《大地上的居所》等。

231.逝去的恋歌

[秘鲁]巴列霍

此时此刻，我温柔的安第斯山姑娘丽塔
宛似水仙花和灯笼果，在做什么？
拜占庭令我窒息，血液在昏睡，
像我心中劣质的白兰地。

此时此刻，她的双手会在何方？
将会把傍晚降临的洁白熨烫，
正在降落的雨
使我失去生的乐趣。

她那蓝丝绒的裙子将会怎样？
还有她的勤劳，她的步履
她那当地五月里甘蔗的芳香？

她会在门口将一朵彩云眺望，
最后会颤抖着说：“天啊，真冷！”
一只野鸟正啼哭在瓦楞上。

塞萨尔·巴列霍（1892—1938），秘鲁诗人、作家。著有诗集《黑色的使者》《特里尔塞》《西班牙，我饮不下这杯苦酒》等。

232.老虎的金黄

[阿根廷]博尔赫斯

我一次次地面对
那孟加拉虎的雄姿
直到傍晚披上金色；
凝望着它，在铁笼里咆哮往返，
全然不顾樊篱的禁阻。
世上还会有别的品种，
那是布莱克的火虎；
世上也会有别的黄金，
那是宙斯偏爱的金属，
每隔九夜变化出相同的指环，

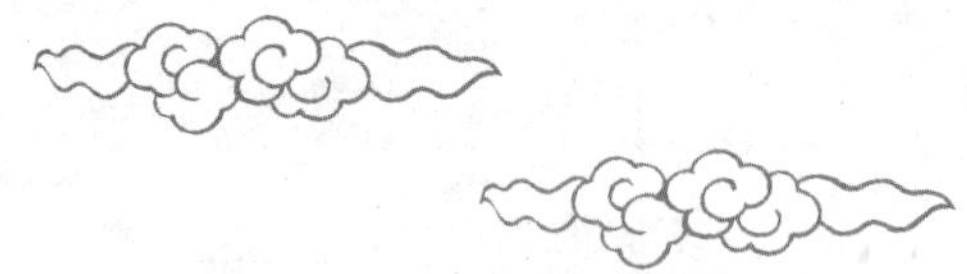

永永远远，循环不绝。
逝者如斯，
其他颜色弃我而去，
唯有朦胧的光明、模糊的黑暗
和那原始的金黄。
哦，夕阳；哦，老虎，
神话、史诗的辉煌。
哦，可爱的金黄：
是光线，是毛发，
渴望的手梦想将它抚摩。

豪尔赫·路易斯·博尔赫斯（1899—1986），阿根廷诗人、小说家、散文家、翻译家。著有诗集《布宜诺斯艾利斯的激情》《面前的月亮》《圣马丁札记》等。

233.疯狂的石榴树

[希腊]埃利蒂斯

在这些粉刷过的乡村庭院中，当南风
呼呼地吹过盖有拱顶的走廊，告诉我，
是不是疯狂的石榴树
在阳光中撒着果实累累的笑声，
与风的嬉戏和絮语一起跳跃；告诉我，
是不是疯狂的石榴树
以新生的叶簇在欢舞，当黎明
以胜利的震颤在天空民示她全部的彩色？

当草地上那些裸体的姑娘们醒了，
用白皙的双手采摘翠绿的三叶草，
还在梦的边缘上飘游，告诉我，
是不是疯狂的石榴树
随意用阳光把她们的篮子装满，
让她们的名字被鸟儿纷纷讴歌；告诉我，
是不是疯狂的石榴树
在同宇宙多云的天空零星地战斗？
当白日炫耀地佩戴七种不同的彩羽，
用千只炫目的棱镜将永恒的太阳围绕，告诉我，
是不是疯狂的石榴树
抓住了一匹奔马绺绺纷披的鬃毛；
它从不忧伤，从不懊恼；告诉我，
是不是疯狂的石榴树
在高叫新生的希望已开始破晓？

告诉我，是不是疯狂的石榴树在欢迎我们，
远远地摇着多叶的手帕，如熊熊火光，
摇着一个即将诞生千百艘船只的海洋，
即将使千百次涌起的波涛
向荒无人迹的海滩奔荡；告诉我，
是不是疯狂的石榴树
使帆缆高高地在透明的天空震响？

高高地在上面，伴着发光的葡萄串，
傲慢地狂欢着，充满了凶险；告诉我，
是不是疯狂的石榴树
在世界中央用亮光撕碎魔鬼险恶的云天，

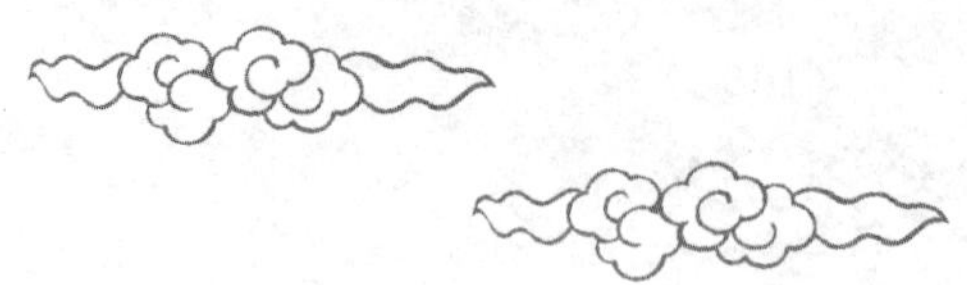

又从东到西铺开白日的橘黄色衣领，
上面有密布的歌曲装点；告诉我，
是不是疯狂的石榴树
在急急忙忙地抖开白昼的绸衫？

在四月初的衬裙和八月中旬鸣蝉的深处，
告诉我，嬉戏的她，发怒的她，诱惑的她
从所有的威胁中摆脱掉黑色邪恶的阴影，
将头晕眼花的禽鸟倾泼于太阳的胸脯；
告诉我，那展开羽翼遮盖着万物的胸乳，
遮盖在我们深沉的梦寐之心上的，
是不是疯狂的石榴树？

奥迪塞乌斯·埃利蒂斯（1911—1996），希腊诗人。著有诗集《初升的太阳》《英雄挽歌》《理所当然》《对天七叹》等。

234.自1979年3月

[瑞典]特朗斯特罗姆

厌倦了所有带来词的人，词并不是语言，
我走到那白雪覆盖的岛屿。
荒野没有词。
空白之页向四面八方展开！
我发现鹿的偶蹄在白雪上的印迹。
是语言而不是词。

托马斯·特朗斯特罗姆（1931—2015），瑞典诗人。著有诗集《十七首诗》《途中的秘密》《真理障碍物》《大谜语》等。

235.写于1966年解冻

[瑞典]特朗斯特罗姆

淙淙流水；喧腾；古老的催眠。
河淹没了汽车公墓，
闪烁在那些面具后面。
我抓紧桥栏杆。
桥：一只飞越死亡的巨大铁鸟。

236.四月与沉寂

[瑞典]特朗斯特罗姆

春色荒凉
绒黑的沟
在我身边爬行
没有镜影

唯一闪耀的
是黄色花朵

我被我的影子拎着
像一把
黑盒里的提琴

我唯一想说的
在无法触及的地方闪烁
如当铺店里的银子

237.河流

[日]谷川俊太郎

妈妈
河流为什么在笑
因为太阳在逗它呀

妈妈
河流为什么在歌唱
因为云雀夸赞着它的浪声

妈妈
河水为什么冰凉
因为想起了曾被雪爱恋的日子

妈妈
河流多少岁了
总是和年轻的春天同岁

妈妈
河流为什么不休息
那是因为大海妈妈
等待着它的归程

谷川俊太郎，1931 年生，日本诗人、翻译家、绘本作家。著有诗集《二十亿光年的孤独》《六十二首十四行诗》《我》《忧郁顺流而下》等。

238.小鸟在天空消失的日子

[日]谷川俊太郎

野兽在森林消失的日子
森林寂静无语，屏住呼吸
野兽在森林消失的日子
人还在继续铺路

鱼在大海消失的日子
大海汹涌的波涛是枉然的呻吟
鱼在大海消失的日子
人还在继续修建港口

孩子在大街上消失的日子
大街变得更加热闹
孩子在大街上消失的日子
人还在建造公园

自己在人群中消失的日子
人彼此变得十分相似
自己在人群中消失的日子
人还在继续相信未来

小鸟在天空消失的日子
天空在静静地涌淌泪水
小鸟在天空消失的日子
人还在无知地继续歌唱

239.我们毁掉的（节选）

[丹麦]克里斯坦森

我们毁掉的
比我们思索的更多
比我们知道的更多
比我们感受的更多

让事物存在，
填上词句，
但让事物存在，
看这多容易，
它们找到自己身旁的隐蔽处
在石头后面：看
这多容易，它们蹑手蹑脚地

走进你的耳朵里
悄声低语
死亡离去

英格尔·克里斯坦森（1935—2009），丹麦女诗人。著有诗集《光》《字母》《四月书》《蝴蝶谷：安魂曲》等。

240.未来的历史

[澳]哈特

那时将有城市和群山
和现在一样
有钢铁军队
踏过遗弃的广场
他们一向如此
那时将有待耕的田地
风吹树摆，橡树籽散落
碗盘依旧会摔破
毫无理由
我们知道的就是这些
未来在地平线的彼岸，我们听不到
未来人们的一语一言
即使他们冲我们喊叫
让我们不要
炸他们的土地，毁他们的城市，
但那喊声传来

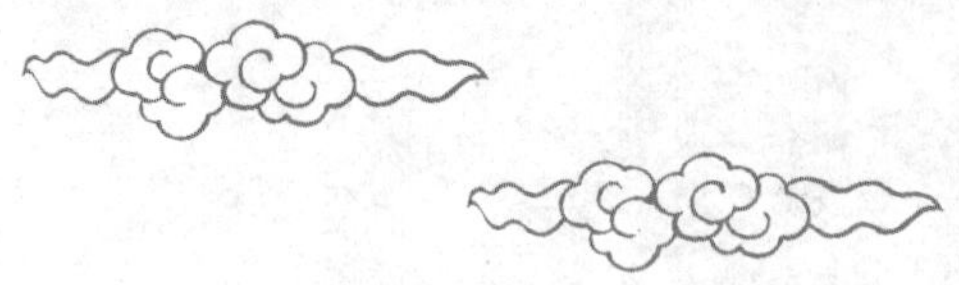

就像一粒橡树籽
掉在水泥地，
像碗架上的盘子
在破碎的瞬间。

凯文·哈特，1954年生，澳大利亚诗人、神学家、哲学家与文学评论家。出版诗集《火焰树》《夜曲》《新雨》《早晨的知识》等。